Histoires de L'Illusiaverse

Chant des âmes

Histoires de L'Illusiaverse

Chant des âmes

Clémentine Krauss

Skaira2006

Design de la couverture : Krauss Clémentine
Correction : Isabelle et Charlotte
Édition : BoD – Books on Demand, 12/14 rond-point des Champs-Élysées, 75008 Paris
Impression : BoD – Books on Demand, Norderstedt, Allemagne
ISBN : 978-2-3224-0975-4
Dépôt légal : janvier 2022

Clémentine Krauss est une jeune auteure née en 2006. Passionnée de lecture fantasy fiction, elle publie ses premières histoires sur Wattpad sous le pseudonyme de Skaira2006. Ce volume est son tout premier recueil en attendant beaucoup d'autres...

PROLOGUE

La nuit était tombée depuis longtemps. A travers l'obscurité, on pouvait à peine apercevoir ses mains devant soi. Particulièrement ce soir-là, car la Lune s'absentait et les étoiles ne brillaient pas. Des nuages sombres recouvraient la ville pour la plonger dans une noirceur totale. Du moins, jusqu'à qu'une lampe franchisse cette obscurité. Une femme apparut dans la ville, elle sillonna les ruelles jusqu'à arriver devant le plus grand bâtiment de la ville, celui qui recelait plus de mystères que l'univers d'étoiles. Après avoir franchi les immenses portes blindées, elle s'engouffra dans un labyrinthe de couloirs jusqu'à une porte précise, la porte 42. A l'intérieur, des milliers de sphères roses, bleues, blanches ou noires emplissaient la pénombre.

- Dépêchons-nous, dit-elle froidement, nous n'avons pas toute la nuit.

Personne ne lui répondit, elle parlait à elle-même.

D'un geste lent et précis, elle saisit une des sphères. La lumière rose qui en émanait s'anima et les rêves, les souvenirs de toute une vie défilèrent devant ses yeux.

- Nous avons beaucoup d'histoires à découvrir.

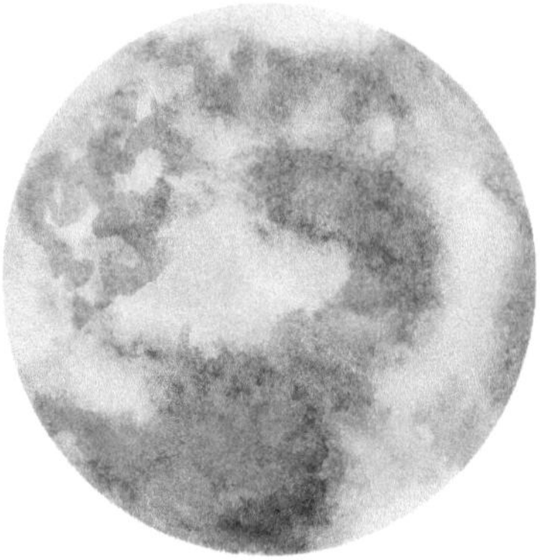

LUNE POURPRE

Sur la cime des vents, une brume légère et colorée se leva sur la forêt.

Les lumières de la lune teintaient la terre d'une lueur apaisante. Les arbres déployaient majestueusement leurs feuilles volant au grès du vent, comblant l'atmosphère apaisante de la cime. Le silence, roi de ce lieu paisible, s'installa progressivement dans la nuit. Tout semblait parfait. Les arbres de la forêt, harmonieux et en paix, ne s'attendaient pour rien au monde à la tragédie de ce soir : un spectacle sinistre et sanglant, dont ils seraient, à contrecœur, au premier rang !

Tout commença en ce soir paisible et ordinaire.

Un cri brisa le silence, un cri d'effroi, implorant, déchirant le calme du ciel.

Une jeune fille fuyant son destin, aussi funeste soit-il.

Chaque cycle, lorsque la Lune pourpre se lève, une jeune fille est sacrifiée en l'honneur d'un dieu malfaisant. Mais ce soir n'est pas comme les autres. La Lune pourpre est levée, une jeune fille est destinée à mourir, mais si cela continue, les plus épaisses ténèbres pourraient se libérer. Et tout détruire.

Elle courait à travers les bois, sa respiration faiblissait, son cœur tambourinait contre sa poitrine, mais elle ne s'arrêtait jamais. Elle savait trop bien ce que cela lui coûterait.

Courir, toujours courir, ne jamais s'arrêter. Ne jamais regarder derrière soi.

Derrière elle, une ombre silencieuse et menaçante tentait de la rattraper ; elle filait à travers les arbres, se laissant porter par le vent et la faim, ce vice qui pousse aux pires crimes.

La jeune fille trébucha à plusieurs reprises. Elle s'éraflait sur la roche coupante de la cime, des cicatrices parsemaient sa peau comme des veines. Elle souffrait, mais continuait.

Les cheveux de la fuyarde, tel un halo de lumière éclairé par la Lune, dansaient au rythme de la course effrénée tels des flammes. Les yeux de l'assaillant, gemmes de glaces, ne laissaient aucune pitié à la jeune fille, dont la vision fut profondément altérée par la brume et l'obscurité, annonçant une fin froide et impersonnelle.

Elle ne méritait pas la mort, elle ne méritait pas que son temps se termine si tôt, pourtant, la vie ne laisse jamais le choix, elle reprend toujours ce qu'elle nous donne.

Toujours.

Elle entendait le vent chanter pour l'encourager, sifflant à travers la nuit, mélodie de la forêt, lui frayant un passage de fortune. Espoir rare parmi la peur enfouissant son cœur.

Ne jamais s'arrêter....

Des larmes coulaient le long des joues de la jeune fille. Pareils à des rivières salées, elles laissaient derrière elles une trace de leur vie. Gouttes nourrissant un peu plus l'appétit de la bête d'ombre qui se rapprochait invariablement.

Ses crocs de ténèbres attendant patiemment leur heure, hâtifs de mordre une chair fraîche et un sang chaud, hâtifs de se nourrir, d'étancher leur soif.

Sa faim, dévorante et terrible, ne s'apaiserait jamais.

L'ombre, silencieuse et froide, avançait tel un esprit, ne laissant derrière elle qu'un sillage de mort. Désolé et aride. Elle hurlait sa fureur dévorante, elle annonçait la fin, et la provoquait.

Sa faim dévorante.....

Inspirant l'effroi aux générations de la cime, elle se terrait dans ses bois, dans l'attente d'une proie, qu'elle déchiquettera sans aucune pitié.

.......ne s'apaisait jamais.

Et ne laissera que des ossements, et l'écho d'un sanglot, d'un cri, d'une larme, oubliée de tous.

Courir, toujours courir....

La jeune fille, imprudent festin, se laissait guider par son instinct, à l'affût du moindre abri, mais cela ne suffira pas cette nuit.

.......ne pas regarder en arrière.

Les ténèbres se rapprochaient, pour atteindre leur but.

Une vie de plus prise par les serres de l'ombre, arrachée à sa paix, sans sépulture, sans honneur. Ses lèvres rouges arrachées à un cri muet, une expression d'effroi figée sur le visage de porcelaine de la victime.

Les derniers cris de la jeune fille résonnèrent dans l'obscurité, glaçant d'effroi ceux qui l'entendraient. Laissant un souvenir vague d'une vie frêle trop vite arrachée.

C'est terminé....

Sa famille ne la pleura pas, ses amis l'oublièrent, elle mourut dans la souffrance, dont le passage à trépas fut si terrible qu'elle demeurait sans nom pour la qualifier. Elle fut oubliée, dévorée, engloutie par les ténèbres : puits sans fond inspirant la folie et le malheur.

Seuls les témoins de sa fin tragique honorèrent sa mémoire. La forêt et le vent, les astres et la nuit chantèrent pour elle se soir-là. Leur pays devenu scène de crime, leur innocence envolée, ou plutôt volée, par un assassin sans pitié.

Mais au lieu d'apaiser les esprits maléfiques comme le rituel le faisait depuis des millénaires, il se pourrait qu'il renforce la puissance des ombres. Qu'elles s'éveillent et aient très faim, qu'elles détruisent tout.

Ils prévinrent en runes celui qui les comprendra:

Un arbre dont les racines se nourrissent de son sang,
Une forêt chantant ses derniers instants,
Le vent transportant une nouvelle déchirante,
Un souvenir oublié, caché aux yeux de tous,
Les ténèbres se délectant,
Du sang de leurs victimes,
Attendant, tapies dans l'obscurité,
La nuit où elles seraient libérées,
Par une prophétie annonçant la fin de la vie,
Et le début de l'ère des esprits.
Ils attendront leur sauveur.....s'il existe.

A suivre...

LOI HERA

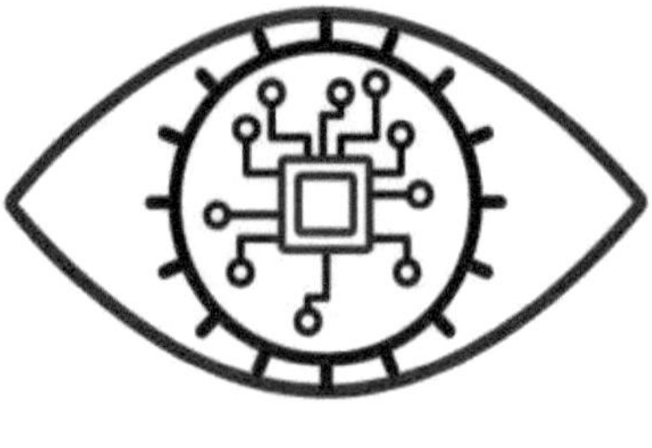

Article quatre-vingt-quinze de la loi Héra :

- Il est strictement interdit de concevoir un embryon humain non-artificiel ou de donner naissance à un enfant non préprogrammé. Né ou non, un enfant qui ne sera pas pré-programmé sera éliminé. Quel que soit son âge.

- Toute conception d'embryon d'un être vivant est interdite, tout comme la végétation et la référence aux arbres, aux animaux ou à la nature est proscrite, toute publication sur ce sujet sera censurée.

Terre, Londres, année 2 168

- Et que j'te revois plus ici, c'est clair ?

Une série injures s'ensuivit, récitées à la manière d'un poème, puis la porte claqua en un fracas sec. Etalée dans la boue, les mains couvertes de sang et d'alcool, elle se releva en titubant.

- T'façon, t'as pas l'mérite d'me voir...'foiré, va !

Après un crachat acide sur la porte, elle s'éloigna en grommelant des insultes, son discernement encore brouillé par la souillure de l'alcool. A cette heure, les rues de vide se peignaient de nuit et les rats ou autres créatures malfamées hantaient les pavés en quête d'une victime. Elle se retint à un mur, haletant comme un poisson hors de l'eau, ses genoux tremblaient, et les perles de ses yeux roulèrent jusqu'à se mêler au sang. La douleur lui déchirait l'épaule. Pliant l'échine face à sa douleur, elle avait d'abord noyé son chagrin dans le sommeil, puis dans l'alcool. Mais son ivresse la rendait obnubilée par la haine envers les Supérieurs. Ils avaient tout pris, sa vie ne dépendait plus de rien.

- Lyin, articula-t-elle entre deux sanglots

Un bout de verre restait dans sa main, elle l'avait conservé en secret avant de se faire chasser du bar. D'un geste nonchalant, elle le brandit, les larmes abondaient. Elle ne pourrait plus revenir en arrière. Trop tard, ce monde l'avait achevé, elle devait faire taire la douleur. Elle l'enfonça dans son ventre.

Attendant que la mort passe pour la prendre, la vie défila devant ses yeux ; elle se revit ...

Deux mois plus tôt

Dans une cave isolée, au milieu des toiles d'araignées et du silence, un cri de nourrisson déchira les airs, suivi des pleurs tant heureux que miséreux. Un enfant naturel venait de naître, dans ce monde déserté par la végétation et la nature, un véritable enfant venait bouleverser cet univers. Lyin, c'était le nom de cet enfant, une jeune fille qui deviendrait ce qu'elle voudrait, qui vivrait et s'épanouirait comme elle l'entendait. Néanmoins, si sa mère parvenait à passer entre les mailles du filet, à ne pas être découverte pour avoir enfreint la loi Héra. Cette dernière jeta un œil à son fiancé, recroquevillé dans un coin, il pleurait de joie tout en vomissant, dégoûté par le cordon ombilical qui pendait dans sa main. Plus tard, il les rejoignit.

- Tu crois que ça ira ? intima-t-elle d'une voix étouffée, encore épuisée par son accouchement.

- Je l'espère, d'après mes sources, leur système n'est pas aussi perfectionné qu'ils le pensent.

- Des sources ? Tu comptes sauver notre enfant avec des sources ? La voix de la jeune mère reflétait sa panique.

Elle ne voulait pas prendre le moindre risque, et voilà que son fiancé prétendait sauver sa fille sur de simples sources. Elle peinait à y croire. Normalement, ce moment aurait dû être le plus beau de sa vie, mais étrangement, lorsqu'on a peur de la mort, il suffit d'une simple brise pour aviver l'incendie.

- Tout ira bien, je te le promets, on fera attention, chuchota-t-il en posant une main tremblante sur la joue de sa femme.

Puis, il l'enlaça tendrement, ignorant les rivières de sueur et de sang sur son corps. La nuit se passa alors dans un silence complice, témoignant de l'amour et de la passion des deux amants hors-la-loi. Au fond de ce monde rongé par l'avidité s'allumait une étincelle, qui pourrait donner naissance à un magnifique brasier.

Mais tout est dévoilé un jour ou l'autre, et le sort ne fait pas de pitié.

Ils usèrent de plusieurs stratagèmes en faisant appel à des complices de leurs coups, ils masquèrent le nombril de l'enfant et se proclamèrent famille d'accueil. Malgré les mille précautions qu'ils prirent pour faire passer Lyin pour un enfant préprogrammé, ça n'avait pas suffi. Ils crurent que tout irait bien, qu'ils en étaient sorti, mais ils sous-estimèrent le système.

Deux semaines plus tard, le drame arriva. Le père mourut "accidentellement", leur enfant fut enlevé et la mère resta seule avec ses larmes.

- Votre avenir ne dépend plus que de vous. Cet enfant, en revanche, n'en aura pas. Votre punition sera d'avoir le sang de votre progéniture sur les mains, avait dit le Supérieur en emmenant le bébé.

La mère, Sally, noya alors son chagrin, jusqu'à en être réduite à une alcoolique faisant le trottoir, déambulant telle une âme perdue dans les rues.

<u>Moment présent</u>

Le moment fatidique. Celui qu'on attend tous en disant qu'on en a pas peur, tout ça c'est des conneries... On a tous peur de la mort, tous, sans exception, ou alors on n'est pas humain. A ce moment, elle voyait sa vie défiler, on dit qu'il y a un tunnel, une lumière vers laquelle on se dirige. Mais en fait, on ne voit rien. Juste du vide, un sommeil sans rêve, une nuit éternelle. Et de la douleur, cette épine qui s'enfonce dans notre cœur et le lacère, la mort réunit toute les douleurs, et puis revient le silence, un moment de paix éternel.

Elle ne se releva pas, sa vision devint plus floue à chaque seconde, elle se laissa tomber. Lentement, elle ferma les yeux, tout semblait plus simple une fois aveugle, elle se laissa sombrer dans ses souvenirs.

Une heure plus tôt

- Eh, va falloir que tu penses à payer un jour! Garrich n'était pas méchant, au fond, il serait sûrement très sympa, mais ce soir, les insultes avaient trop fusé. On voyait bien que ses nerfs ne tenaient plus qu'à un fil. Malgré tout, il ne chassa pas à coup de pied la pauvre femme ivre qui squattait depuis quatre heures le bar en ruminant ses problèmes, une bouteille de whisky à la main.

- Une...aut'bouteille !

- C'est pas bon pour ta santé l'alcool, faut que t'arrêtes !

- La ferm'

Il tentait de lui faire entendre raison, de la convaincre de se ressaisir, mais ça finissait toujours par une autre insulte, elle ne bougeait pas. Cette femme, on pouvait la qualifier de bizarre, elle regardait quelque chose qui n'existait pas tout en pianotant le comptoir avec ses doigt. D'une maigreur à mourir, de la sueur abondait telle une cascade. Garrich se demandait comment elle avait fini dans cet état.

Oh non... Il soupira lorsqu'un un garçon parfaitement sain s'assit à côté de la femme, un sourire narquois aux lèvres.

- Eh salut ma belle, j'te paye une bouteille ?

Pas de réponse, comme si elle ne le voyait pas, elle continua de naviguer dans sa torpeur. L'homme insista.

- Qu'est ce qui se passe, ton petit copain t'a plaqué ? Je peux le remplacer si tu veux.

Ce fut la goutte de trop, elle sembla se réveiller d'un coup à ces mots, comme une décharge d'adrénaline, ses yeux injectés de sang s'ouvrirent jusqu'à devenir ronds. L'homme lui posa la main sur son épaule. Et elle se jeta sur lui. Tel un chat sauvage, elle griffait, mordait, hurlait, les verres volèrent en éclats tandis qu'elle tentait de le massacrer. Heureusement, il se débattait suffisamment pour échapper à ses coups.

- Tu sais c'qu'ils ont fait à mon fiancé ? Tu l'sais ? L'ont tué, tué ! hurlait-elle, tout le monde s'enfuit du bar en courant, elle semblait prête à tuer n'importe qui.

Garrich s'approcha à pas furieux, une batte à la main. Il cogna la fille à l'épaule, un craquement d'os glaçant retentit.

- Tu vas te calmer, oui ? tonna-t-il, et dire qu'il espérait passer une journée tranquille !

Elle se releva, les yeux fatigués et l'épaule déformée. L'homme à terre, gémissait, le visage en sang, heureusement, ce n'était que le sang de sa main entaillé par le verre. Elle respirait très fort en tenant sa poitrine dans sa main. En un éclair, elle passa des larmes au rire, les vêtements baignés de sueur, de sang et d'alcool, elle retourna au comptoir.

- N'y pense même pas, ricana Garrich, t'as foutu le bordel alors tu payes et tu dégages ou j'appelle les flics.

Elle le regarda droit dans les yeux, puis, comme dans un rêve, elle prononça :

- Ce monde n'a pas d'avenir, j'ai eu un fiancé, on me l'a enlevé. J'ai eu un enfant, on me l'a arraché. On n'a pas d'avenir, ce monde nous parasite et nous consume. Et en attendant...

Garrich semblait prêt à la chasser au fusil. L'homme derrière elle ne semblait pas très amoché, heureusement qu'il était là pour arrêter cette folle avant qu'elle ne le tue.

- J'ai soif.

Quelque minutes plus tard, elle gisait dans la rue, à remonter le temps.

Instant présent

- Madame !! Madame ça va ?

Monde insouciant, protéger le fruit de mes entrailles, brouiller notre vue vers les étoiles.

Une femme tentait de la ranimer en panique, son visage flou dansait dans la lumière. La fin approchait.

Sans nature, nous serions perdus, mais tout n'est pas caché longtemps.

Les phares d'une ambulance accompagnée d'un son enivrant emplirent la rue.

Attendez-moi.

- Ne vous inquiétez pas Madame, on va vous emmener à l'hôpital, quelqu'un a appelé pour vous porter secours, vous avez de la chance.

- Je.........veux...pas.

Elle sentait qu'on lui pressait la cage thoracique.

- Lyin, j'arrive....

Ainsi furent ses dernières paroles.

Que la vie continue, que la roue tourne...

Elle se sentit attirée vers un sommeil lourd, elle lâcha prise, résignée et enfin en paix.

Sans moi.

Le monde lèvera les yeux vers le ciel, j'en fais le serment.

Les lois cruelles et contre-nature ne seront que souvenirs effacés d'une feuille brûlée.

Mais l'horloge tourne et la vie reprend.

Sans moi

Ordre Io

Marcher dans les rues délabrées telle une ombre, redouter chaque bruit, chaque tintement, chaque murmure. Contempler les corps ensanglantés, la rivière écarlate qui sinue entre les pavés. Regarder de loin les ailes des corbeaux, froides et ténébreuses, réduire le peu de souvenir restant des cadavres. Avoir vu la mort, fixer ses yeux vides et sans âme. Des cauchemars de cette bataille effroyable hanteraient à jamais l'homme qui, debout dans la pénombre, détacha son regard de ceux qui avaient autrefois représentés des amis. Sa lame encore couverte de liquide rouge, il laissa ses larmes se vider de son corps avant de se redresser, et de s'enfuir dans les ruelles.

La nuit commençait à peine à s'éclairer, ses ombres glissèrent sur les murs de métal, pour rejoindre un endroit où se tapir. Des passants déambulaient, ignorants de l'événement qui venait d'avoir lieu. Quel massacre, que cette nuit de mort ! Il sentait encore la lame froide de ses agresseurs pressée contre sa gorge, le goût ferreux du sang mêlé à sa salive. Comme un écho, les cris étouffés de ses compagnons résonnèrent dans son esprit, tandis qu'il sursautait à chaque bruissement, même le plus lointain.

Enfin, sa destination se présenta à lui. Un bar, aux fondations miteuses et à la peinture fraîche et une pancarte "fermé" sur la vitrine fissurée. Un de ces bars où des bagarres survenaient régulièrement, où des ivrognes tabassaient les autres pour une clope ou un verre. Enfin, presque tous. L'homme se souvenait encore de ce jour, où tout avait changé pour lui. Ses opinions à propos du système, de la vie et des femmes. Certes, ce soir-là, il n'avait pas été tendre avec cette pauvre femme, mais il était à cette époque un simple barman, dépourvu d'idées révolutionnaires.

Maintenant, il avait mûri, réfléchi, pour se forger une opinion. Après une longue inspiration, il franchit la porte à rabat. Une petite pièce à la lumière tamisée l'accueillit ainsi que des tables et des chaises en acier où traînaient des verres à moitié brisés et un bar rouge vif devant une grande étagère de bouteilles. Le barman en connaissait chaque pièce, chaque verre, chaque boisson. D'un pas assuré malgré ses tremblements, il s'approcha du bar, puis, frappa trois coups rapides, un long, puis cinq rapides de ses poings. Une voix rauque de femme s'éleva :

- Mot de passe ?

- Her Ném Io, annonça l'homme.

- Ra Esis Io. Bienvenu, patron.

Soudain, une porte sous le bar coulissa dans un grincement, dévoilant une échelle rouillée en bas de laquelle l'attendait la femme, Karol. Des cheveux blonds hirsutes et des yeux ternes, ses côtes ressortaient de sa chair tandis que ses joues creusaient des sillons le long de son visage crasseux. Elle n'était pas particulièrement belle ou amicale - en fait, c'était le diable personnifié - mais son esprit vif et ses techniques de combat faisaient d'elle un atout précieux, et une amie malgré son caractère asocial. Il descendit pour s'aventurer dans un couloir aussi sombre qu'humide.

- Tu es seul ? interrogea-t-elle.

- Oui, les autres ont... échoué.

Un silence résonna, pareil à un hommage aux défunts.

- Ils ne seront pas morts en vain, assura Karol. Nous avons presque terminé les préparations. Nos informateurs ont donné leur feu vert.

- Déjà ? Cela fait à peine une semaine qu'ils sont en infiltration.

- Et pendant ton absence, nous avons récupéré ces adolescents. Ils hurlaient "Io" dans la rue.

La lumière pointa au bout du tunnel. Ils débouchèrent dans une immense salle, croisée entre une base stellaire et un dépôt abandonné. Des armes, poignards, blasters, revolvers s'alignaient le long d'un mur, des ordinateurs formaient un carré au centre de la pièce, regroupés autour d'une chambre d'énergie. Celle-ci, tubulaire, contenait des fumées bleutées dansant à travers l'air comprimé. Elle servait à alimenter chaque circuit énergique, afin de séparer du réseau électrique la base, pour qu'elle ne soit pas localisée. Plusieurs vingtaines de personnes s'entraînaient, tapaient sur les écrans des ordinateurs ou venaient former une foule autour de leur chef.

- C'est lui, mais où sont passé les autres ? fusa une voix.

- Ils devaient être une dizaine, remarqua l'une.

- Tous morts ?

- Comment allons-nous faire ?

- On va tous mourir, à ce train-là !

Les murmures, reproches et injures parsemaient la foule tels une nuée d'insectes entourant l'homme.

- Taisez-vous ! cria celui-ci, n'avez-vous aucune confiance ?

- Après, tant de morts, comment le voulez-vous ?

- Il faut abandonner l'opération !

- Pas question ! intervint Karol, nous avons l'avantage de la surprise. Ce soir, le gouvernement tombera ! À présent, retournez à vos postes, les autres mouvements ne vont pas tarder à nous joindre, je vous veux fin prêts, c'est clair ?

Dans un bruissement désapprobateur, la foule se dispersa pour retourner à ses occupations.

- Garrich, lança Karol à son chef, est-ce réellement une bonne idée ?

L'intéressé, les poings serrés, contempla son ombre, il lui sembla discerner le sang de Sally et ses yeux meurtris posés sur lui.

- Il y a un an, une femme est venue à mon bar, conta-t-il. À cette époque, je n'étais qu'un simple homme, suivant le troupeau. Elle avait les yeux injectés de sang et des cernes noires comme la nuit. Elle buvait à en crever, une bouteille après l'autre. J'ai essayé de la dissuader de boire, mais elle m'insultait sans arrêt. Je me suis dit qu'elle était sûrement un peu trop ivre, qu'elle venait de se faire frapper ou autre chose. À vrai dire, je m'en fichais éperdument. Mais un homme est venu et a commencé à la draguer. Puis, il l'a taquinée, l'a provoquée en lui disant que son petit ami l'avait plaqué. Alors, avant que je n'ai pu réagir, elle s'est jetée sur lui et a commencé à le ruer de coup. Au début, j'ai cru que c'était dû à sa gueule de bois, mais elle a commencé à dire que ce monde nous consumait, qu'il lui avait pris son enfant et son fiancé, parce qu'ils ne respectaient pas les articles des lois Héra. Je n'avais pas vraiment compris, et par colère, parce qu'elle avait saccagé mon bar, je l'ai chassée à coup de pieds.

Il se tut comme pour se perdre dans ses remords, puis reprit d'une voix étouffée :

- La nouvelle a fait le tour des infos quelques jours plus tard, une femme saoûle, qui se suicide dans la rue. Le gouvernement a tout fait pour étouffer l'affaire de l'enfant, mais moi, je m'en suis souvenue. Les pleurs et les injures de Sally ont hanté mes nuits, son visage me suivait, plein de larmes, d'espoir et de sang. J'entendais sa voix m'accuser de ne rien faire, de l'avoir oubliée, oublié son enfant. Son enfant n'avait même pas de nom. Alors, j'y ai longtemps réfléchi, je me suis renseigné sur des cas similaires de suicide, mais dont la cause restait floue. J'ai vu des gens maltraités dans les rues, des personnes crevant de soif et de faim. Alors j'ai décidé d'agir. J'ai tenté de diffuser des messages clandestins sur des réseaux, d'inciter des gens à la rébellion. Ces personnes sont venues me rejoindre, créer un mouvement, une révolution contre le gouvernement. Des milliers de personnes sur les réseaux ont répondu à mon appel, j'ai établi des contacts avec d'autres mouvements de rébellion. Tout cela dans le but de renverser ce gouvernement, et on y parviendra, je vous promets ! Io est la rivale d'Héra, nous sommes les ennemis de ces lois, de ce monde !

Il se tourna vers les nouveaux venus, les recrues dont parlait Karol. Le souffle court, ils écoutaient attentivement Garrich. L'air grave et déterminé, ils exécutèrent le même geste à l'unisson. Un cœur formé avec les doigts, le signe de la rébellion.

- Her Nem Io, prononcèrent-ils de concert.

- Ra Esis Io, répondit Garrich, un cœur formé par ses mains sur son torse.

Héra Némesis Io, la phrase de ralliement, le code de l'ordre Io, son nom même. Io, la Némésis d'Héra, l'ordre, la Némésis du gouvernement.

Un sourire malicieux, annonceur de présages futurs, se dessina sur les lèvres de l'éloquent.

- Bienvenu chez nous.

□

Le siège du gouvernement, à la fois silencieux et terrifiant, s'élevait dans les airs dans l'atmosphère grisâtre de la ville. D'immenses immeubles constituaient la ville, reliés par des fils métalliques. Les bas-quartiers, où se terraient le bar et les habitations des gens les plus pauvres et modestes étaient regroupés au centre de cette ville d'immeuble et serpentaient entre les immenses bâtisses d'acier et de verre.

L'antre du gouvernement ressemblait plus à un amphithéâtre qu'à une de ces tours noires. Il s'étalait sur des kilomètres, pour former un losange couleur os, des arabesques d'ébène surmontées de pics acérés recouverts d'or et de diamants formaient une barrière pratiquement infranchissable. Un dôme de verre recouvrait le bâtiment et le protégeait contre les ravisseurs. Un sourire franchit les lèvres de Garrich, ces gouverneurs, ils aiment se penser invincibles et puissants ! Mais en réalité, ils ont peur, peur de ce monde et de devoir affronter leurs problèmes. Mais pourquoi s'acharner contre une forteresse impénétrable quand on peut tout simplement contourner l'obstacle ? Les gouverneurs sont tellement obnubilés par leur paranoïa qu'ils font tout pour se sentir en sécurité, au point qu'ils ne voient plus les évidences. Des infiltrés devraient bientôt donner le signal, déverrouiller les portes blindés et alors, la révolution pourra commencer. Le plan : plier le gouvernement à la volonté de la rébellion, les obliger à obéir. Et s'il le faut, provoquer une émeute, une attaque si nécessaire.

Derrière lui, des engagés, femmes, adolescents, hommes, tous différents, mais avec le même but. Vivre. Dans le silence de la nuit, ils se tapissaient dans l'ombre et attendaient leur heure. Leurs faces suintantes de sueur reflétaient la détermination, plus pure que la roche brute, mais aussi la pure peur.

Celle de mourir, la peur d'échouer, la peur de perdre la partie. Il les comprenait, après tout, qui n'avait pas peur ? Garrich restait terrorisé à l'idée que tout ce qu'il avait construit soit réduit à néant, qu'ils meurent par sa faute, et en vain. Mais il ne devait pas dramatiser, il avait vu ce dont le gouvernement était capable, tuer dans le secret, rendre les gens fous. Il fallait agir, c'était la seule chose à retenir. Soudain, en haut du dôme de verre, une lueur faible mais primordiale, se mit à luire, clignotant à travers la nuit. Ce n'était pas du morse, juste des signaux au hasard, le plus important était le lieu et l'heure à laquelle ils apparaissaient. Minuit, l'heure du crime. Les ombres discrètes des révolutionnaires se glissèrent le long des murs, envahissant silencieusement la ville. Tout était prévu, les infiltrations, le signal pour commencer le coup d'état. Chaque heure avait pour but de les rapprocher de leur objectif. Comme prévue, la troupe se dirigea vers une lourde porte blindée.

- Vous croyez que ça va marcher ? souffla Karol derrière Garrich.

- Je l'espère, répondit ce dernier d'une voix étouffée. Et si ça ne marche pas cette fois, il y aura toujours quelqu'un pour prendre la relève.

- Tu crois ?

- Oui.

- Tu es sûr ?

- Je ne peux pas te répondre, secret défense.

La femme poussa un grognement exaspéré, mais ne répliqua pas. C'était mieux ainsi. Répliquer n'aurait servi à rien.

- Alors on fait quoi, intervint Owen, un jeune homme ambitieux et têtu. On frappe ?

Un sourire malicieux crispa les lèvres de Garrich.

- Tu ne crois pas si bien dire !

À ces mots, il toqua trois coups réguliers à la porte. Par ce geste, il annonçait au monde sa venue, et semblait sûr de lui. S'ils savaient. Si les révolutionnaires savaient à quel point il doutait de lui et de ce plan ! Il avait sûrement l'air de savoir ce qu'il faisait, dans quoi il s'engageait. Ses coups d'avance, ses plans, son attitude de leader masquaient un barman à peine éveillé, choqué par une femme devenue folle et par ce monde. Ses yeux se perdirent dans le vague, dans la brume permanente de pollution. En une soirée, il était passé du jeune ingénu au chef rebelle. Mais en réalité, il n'avait pas tant changé, seule la volonté d'agir animait ses actes.

Soudain, le sortant de ses pensées, un grincement résonna. Il leva la tête, la porte de fer s'ouvrait lentement. La troupe fit face à l'intérieur du gouvernement, à sa tête, Garrich avait repris son air sûr et fier. Il plissa les yeux en réprimant une toux, dans son nez s'engouffra une forte odeur de poivre. Il s'avança suivi de son armée de fortune et franchit le fossé entre le peuple et les gouverneurs. La porte se referma derrière eux, laissant la révolution seule face à son destin.

A suivre…

SOUS
NOS
PIEDS

Ils avançaient.

Sans jamais s'arrêter, sans jamais regarder en arrière. A l'aveugle, guidés par leur seul instinct, l'espoir basculant dans leur esprit et laissant place à la peur.

Leurs respirations haletantes et leurs pas résonnaient contre des parois invisibles. Un écho intensifiant l'atmosphère lugubre et morbide de la marche à endurer.

Cinq filles et cinq garçons.

Tous d'âge variés, ignorant leur destination. Des milliers de questions en tête, restées sans réponses, comme balayées par le temps, perdues dans un désert de mort.

Ils avançaient.

Les yeux bandés par des lambeaux arrachés à leurs vêtements miteux, brouillant la vue telle une muraille de brume et d'ignorance. Respirant la crasse, la terre, la saleté. Leurs pieds nus, veinés d'entailles maculées de sang visqueux et collant, traînaient dans la poussière.

Leurs entraves, froides et bruyantes, laissaient une trace rougeâtre sur leur chaire déjà souillée, pareils à des prisons suffisantes pour anéantir leur désinvolture.

Le temps devenait seul maître du lieu, il semblait figé, en suspens. Attendant son heure, comme une horloge brisée, dont l'aiguille se fixait sur un seul et même nombre.

Le même mouvement se répétait encore et encore, ils avançaient. D'un pas lourd et fatigué, leur rythme ne ralentissait ni n'accélérait.

Un claquement de fouet ainsi qu'un cri déchirant retentissaient parfois. Lorsqu'un corps trop frêle pour endurer la route et les heures se laissait tirer par l'épuisement.

Leur anxiété s'intensifiait à chaque pas. De la sueur perlait sur leur front, rayé de veines d'eau froide, sillages salés témoins de leur angoisse. Un serpent de glace coulait le long de leur échine, leur gorge se nouait à l'idée de ce qui les attendait.

Chaque image plus sanglante qu'une autre.

L'imagination étant infinie, l'ignorance devenait un fardeau trop lourd pour leurs épaules squelettiques.

Le cliquetis des chaînes brisait le silence pesant, lourd en mystères. Ils ressemblaient plus à des bêtes que l'on mènerait à l'abattoir qu'à de pauvres paysans, emmenés pour une raison inconnue, traînés sur le sol poussiéreux, enchaînés, aveuglés, terrorisés.

Arrachés à leur famille, leur vie brisée, leur paix rompu dans un cri d'implorants, dans le claquement d'un fouet.

Leur trajet semblait durer une éternité.

Les plus jeunes pleuraient à chaudes larmes, gémissaient, suppliaient de rentrer chez eux.

Mais reverraient-ils-seulement la lumière du jour ?

Où se dirigeaient-ils ?

Que se passerait-il une fois leur périple achevé ?

Tous l'ignoraient, tous attendaient, tous avançaient.

Ils ne se reposèrent pas, ils n'accélérèrent pas, leur rythme tenait, comme piégé dans une boucle infinie. Enfin, alors qu'ils commençaient à perdre tout espoir, la lumière chaleureuse et suave du soleil traversa le tissu de leurs bandeaux humides.

Des soupirs rassérénés s'élevèrent. Le soleil artificiel revenu, ils sentaient leur chemin s'achever, ils espéraient pouvoir comprendre.

Mais où se trouvaient-ils ?

Si l'espoir et la lueur d'or les firent rayonner, l'inquiétude ne les quitta pas. Le bandeau toujours brouillant leur vue, les entraves toujours à leurs mollets, ils ne pouvaient espérer se sentir libres.

Une voix masculine retentit, l'écho tonitruant de son ton ferme les surpris. Ils ne se firent pas prier et obéirent.

Tous interrompirent leur marche, se figeant tels des statues de cire.

Une deuxième voix s'éleva, fluette et chantante avec quelque chose de chaleureux dans le ton, de bienveillant.

Mais le loup est toujours charmant avec ses proies.

Les apparences sont parfois trompeuses.

Si ce ton demeurait rassurant, son dialecte, lui, le fut beaucoup moins. En l'entendant, leur sang se figea, certains pleurèrent, d'autres prièrent. Mais tous savaient au fond d'eux qu'ils n'y échapperaient pas, leur destin tracé, ils ne pouvaient plus sortir du chemin. Tous écoutaient. Devant eux, une porte gigantesque les attendait, de son miroir de métal, elle les scrutait, menaçante.

Leur vie changera à jamais cette porte franchie.

Les mots qu'elle prononça résonnèrent plus comme un écho macabre à leurs oreilles que comme une promesse de vie :

- Bienvenu à toutes et à tous. Allons dans le vif du sujet. Vous êtes ici pour entrer dans l'histoire, vous serez les premiers à découvrir un autre monde, un monde de vie, de nature et d'amour, vous serez en paix.

Vous savez sans doute que notre civilisation est érigée sur un vaisseau dérivant dans l'espace depuis des milliers d'années, suite à la guerre nucléaire qui a ravagé la terre. Or, vous ignorez que notre vaisseau manque cruellement de ressources, jamais nous n'aurions pu prévoir assez d'énergie et d'oxygène pour des millénaires de dérive spatiale.

C'est pourquoi vous êtes ici, pour redonner cet espoir à notre civilisation de vivre encore pour des siècles, vous avez été tirés au sort parmi les trente-trois millions d'habitants de ce vaisseau. Bientôt, cette porte s'ouvrira et vous découvrirez le secret de nos ressources. Ainsi débutera votre contribution à un monde meilleur.

Une porte dressée devant eux s'ouvrit dans un grincement angoissant, malgré la lumière artificielle, ils se sentirent menacés, mais aucun ne bougea. Ils restaient là, à contempler leur salut. La femme poursuivit son dialecte d'une voix mielleuse.

- Vous avez enduré des souffrances extrêmes pour parvenir à nous, aujourd'hui, votre douleur s'achève. Félicitation, vous avez été choisis.

La porte acheva son ouverture. Derrière, ce n'était pas un monde qui les attendait, mais un monstre. Une gueule de dents hérissées se dévoila à eux, ils ne pouvaient pas fuir. Pris au piège, ils ne purent qu'hurler leur mort en se faisant dévorer.

- Découvrez votre utilité, nourrir la créature qui sert nos ressources. Découvrez cet autre monde de paix après la mort...

Ce matin, les cris frappèrent de leurs échos les parois métalliques du vaisseau, tandis qu'au-dessus d'eux, le peuple humain continuait de vivre, inconscient de l'enfer sous leurs pieds, ignorant d'où venait leur bien-être, esclaves du système.

- Le paradis.

L'épreuve

Sauriez-vous vous jeter du haut d'une falaise, qu'elle surplombe la cime des nuages ou encore qu'elle regarde le soleil ?

Sauriez-vous fixer l'horizon de feu, là où partent les âmes pour veiller depuis les étoiles ?

Sauriez-vous vous aventurer dans une jungle touffue et humide, là où les arbres cachent des griffes et où les oiseaux affûtent leurs crocs ?

Seriez-vous assez fous pour accepter un destin aussi dangereux qu'exaltant, malgré les dangers et les morsures du soleil ?

Je m'appelle Ayemana, fille du chef Keldra...

Elle se tenait en haut de cette falaise de roches rouges, à sentir la fraîcheur de l'herbe lui caresser les pieds. Son arc, seul liane fiable dans cette forêt, paré à ses épaules. Elle sentit une dernière fois l'air des Hauts vents. Bientôt, elle devrait quitter les Terres des Montagnes pour s'engager dans le monde infernal des Basses Forêts, là où la végétation avait repris ses droits depuis la Nuit de Feu, lorsque les incendies toxiques ravagèrent les terres du bas il y des siècles, épargnant les hautes, seul refuge des derniers humains. Depuis, la nature régnait à nouveau, renaissant de ses cendres, mais profondément changée. Plus dangereuse, plus intense, plus puissante encore.

Pour devenir la future cheffe, je dois accomplir l'impossible...

Un vent chargé de mélodies exotiques vint l'envelopper de ses bras chauds, après une longue inspiration, après avoir inhalé une ultime fois les odeurs de l'air pur et parfumé d'épices, elle s'élança, et sauta de la falaise.

Je dois rapporter le Makamska, une relique cachée dans la jungle, jetée aux ancêtres tous les dix ans, dissimulée derrière un chemin d'obstacles. Mon frère aîné, Amelak n'en est jamais revenu, à mon tour maintenant de tenter ma chance.

Le vent brûlant lui fouetta le visage, tout comme sa respiration commençait à changer, altérée par l'air impur dans la jungle. Les premières branches vinrent la frapper de leurs épines urticantes.

Très vite, elle atterrit sur de la terre, comme des dizaines d'héritiers avant elle. En se relevant, elle contempla la magie de la nature : la beauté de la jungle masqua sa dangerosité telle une plante carnivore. Des troncs épais aux racines bleues se dressaient parmi les buissons fluorescents, des feuillages dignes d'un conte de fées plus verts que n'importe quelle émeraude comblaient les vides. Des oiseaux aux couleurs tropicales agitaient leurs ailes ornées de griffes tandis que des milliers d'yeux semblaient posés sur la jeune aventurière.

Les Basses forêts sont un endroit hostile et dangereux, la plupart des sources sont contaminées et la faune et la flore sont toutes armées jusqu'aux dents (lorsqu'elles en ont)...

Ayemana s'approcha du sentier, un vide plus grand encore se dressait devant elle, des arbres taillés en pointe l'attendaient tels des félins affamés. Un gouffre dont les relents d'acide devenaient presque solides, là où l'air piégeait dans ses fils les âmes égarées, là où l'épreuve commençait.

Je dois franchir les obstacles...

Une passerelle en bois l'invitait à venir, ses fils d'araignées se balançaient, le bois miteux semblait prêt à s'écrouler à la moindre vibration.

Quand faut y aller.

Le souffle court, Ayemana commença sa traversée, ses mains tremblaient de tout leur sang, un cri péniblement retenu dans sa gorge menaçait de s'enfuir. Les chants funestes des prédateurs l'appelaient, des ricanements se moquaient d'elles, pitoyable humaine dans un lieu où elle serait un festin. Plus elle avançait, plus l'air devenait visqueux, il coulait sur sa peau comme de l'eau, un serpent glacé qui la serrait.

Nuit de feu et nuit de vent

Voix de l'eau et voie du temps

Protégez-moi, entendez ma voix

Elle se récitait les incantations spirituelles, afin d'être protégée. Soudain, une gueule béante s'ouvrit sous ses pieds Elle ne retint pas son cri, les lambeaux de bois se laissèrent tomber sur les pointes. Suspendue au fil, en proie à la panique, elle s'agrippa à une branche et se hissa tant bien que mal. Les yeux embués par les larmes, elle laissa sa vision vaciller, la fatigue la consumer quelque secondes avant de reprendre espoir.

Je suis Ayemana, fille du chef Keldra...

Sa course dans l'air gelé reprit, il lui semblait nager. Les morsures de l'épuisement laissaient couler leur venin, à peine était-elle partie que l'énergie lui manquait, pompée par une atmosphère solide.

Plus elle s'approchait de la rive, plus l'air se détendait. Le pont passé, elle atteint l'autre rive, libérée des entraves de la gelée, de nouveau libre de ses mouvements. Elle fut tentée de se reposer, mais rester statique n'est jamais une bonne chose dans un tel environnement. Elle avança vers la prochaine étape, ignorant la sueur glacée sur son front.

Soudain, un cri strident retentit avant qu'un oiseau d'environ trois mètres d'envergure ne fonde sur elle, toutes griffes dehors. Des sillages de sang se creusèrent sous sa peau au gré des coups de griffes, elle saisit son arc et tira un coup, puis un deuxième. Les flèches atteignirent la bête au flanc qui s'écroula dans un gémissement rauque.

Je dois triompher des épreuves au dépit des dangers.

Au milieu des arbres, là, au centre d'une cascade blanche, pendait un trapèze, puis un autre, et encore un, jusqu'à atteindre le haut de la cascade. C'était trop facile pour être vrai.

Un danger peut en cacher un autre, le pont à l'air solide, la cascade...

Prudemment, elle trempa un bâton dans le lac que la cascade alimentait, celui-ci, si transparent qu'il ressemblait à un miroir, sembla bouger, puis il se souleva pour laisser apparaître le fond. Un immense gouffre aux dents acérés et aux mille yeux se dévoila, prêt à dévorer quiconque tomberait dedans. La moindre chute lui serait fatale. Elle lâcha frénétiquement le bâton avant de s'éloigner, la créature se camoufla à nouveau dans l'eau, mais sa présence silencieuse faisait frissonner Ayemana, elle rendait son épuisement plus rude encore, alimenté par la terreur.

Et la cascade carnivore.

Elle s'élança dans les airs et saisit le premier trapèze. Ses dents se serrèrent lorsqu'elle s'aperçut que ses mains en sueur glissaient affreusement sur le bois.

Elle songea à son frère. Avait-il péri d'épuisement dans l'air solide, s'était-il fait avalé par les dents du lac ? Ou avait-il péri dans une épreuve plus terrible encore ? Elle aurait tellement voulu le revoir une dernière fois, qu'il ait réussi et devienne chef à sa place. Hélas, cette place revenait à présent à Ayemana.

Elle revint enfin à la réalité, ses mains glissaient affreusement, elle manqua de tomber mais se rattrapa de justesse, les yeux rougis, elle sentait à nouveau ses forces faiblir, se recroqueviller.

Non

Elle se concentra à nouveau, pour gagner, il fallait persévérer, elle devait survivre.

Ne pas se décourager...

Réunissant ses forces même les plus intimes, elle se balança et gagna assez d'élan pour atteindre le prochain trapèze, ses pieds se balançaient juste au-dessus de la mâchoire acérée, son pouls s'affola, si jamais elle venait à tomber... Focalisée sur le trapèze suivant comme un phare illuminant la dernière chance, elle s'élança et lâcha le premier trapèze pour atteindre le suivant. Le temps ralentit. Le vent et des gouttes d'eau cristal dans les yeux, de la sueur plein le front, elle se vit tendre les mains vers son but, l'effleurer, sentir son contact si existentiel, sa seule chance de survie... juste avant de lâcher prise.

Elle tomba en hurlant dans la mâchoire, ses larmes remplirent un peu plus cette cascade. Puis ce fut le trou noir, comme la nuit où l'on naît, puis celle où l'on meurt.

Le temps s'écoula dans l'obscurité et le silence, Ayemana se réveilla au fond d'une grotte, en sueur et trempée jusqu'à l'os. Elle croyait pourtant que la cascade l'avait avalée, où donc se trouvait-elle ? Les murs de la grotte suintaient d'une eau sombre, des champignons bioluminescents enveloppaient l'obscurité d'un doux halo verdoyant. Guidée par la lumière hypnotisante, elle s'aventura en titubant dans les entrailles de la terre, là où tous les secrets semblaient dévoilés. Là où rien ne demeurait éternel, où le soleil se voyait banni.

Ne jamais tourner le dos au danger, toujours se méfier. La beauté est parfois la meilleure des armes.

Malgré la plante des pieds écorchée par la roche et ses bras zébrés d'entailles, la jeune fille parvint à arriver dans une grande salle. La roche parfaitement sculptée de dragons et de créatures de légendes, qui semblaient guetter de leurs yeux de verre son arrivée, comme pour la juger. Soudain, une flèche fusa et se ficha dans le bras d'Ayemana, puis, une autre dans sa cuisse, et dans son dos, les projectiles s'élançaient vers elle, la transperçaient et lui arrachaient des cris de douleur.

Nuit de feu et nuit de vent

Voix de l'eau....et voie.... du temps

Elle se laissa tomber dans une mare de sang, de son sang, elle faiblissait, se laissait emporter vers l'océan des âmes.

J'ai échoué.

Elle commença à se flétrir, sa vision devint floue, le monde tournait, disparaissait.

Pardonnez-moi....

Soudain, une main la saisit. À son contact aussi froid que chaleureux, elle tressaillit, reprit assez conscience, pour se rendre compte que quelqu'un la transportait.

- Ayemana, souffla une voix qu'elle reconnut aussitôt.

Amelak.

Elle sentit une rivière froide lui échapper des yeux pour couler le long de ses joues, son frère était avec elle.

- Mais, murmura-t-elle, tu es... mort. Ses forces s'échappaient d'elle, coulaient le long de son corps pour s'évaporer, elle peinait à articuler.

Un rire ironique retentit.

- C'est ce que vous croyez, je ne suis pas le seul à être supposé mort.

- Mais alors... comment ?

- Regarde.

Malgré son manque de force, elle ouvrit les yeux, sa vision indistincte ne l'empêcha pas de voir où elle se trouvait :

Une cité cachée, enfouie sous la terre, une renaissance.

- C'est magnifique.

Depuis des générations, des héritiers avaient échoué, tout le monde les croyait morts, mais en vérité, ils avaient survécu, s'étaient organisés dans une cité secrète, protégée par des pièges mortels, dont le seul accès est une créature redoutable aux entrailles mutilées et creusées. Ils avaient tué le monstre, l'avaient laissé là comme une entrée secrète à qui la trouverait. Ils viennent en aide aux Héritiers perdus, promis à une mort certaine. La ville se dressait parée de milliers de lumières colorées dues aux champignons bioluminescents, des insectes et des animaux voletaient de partout tandis que les immenses tours en pierre se montraient tels des refuges oubliés, des organismes phosphorescents et les immenses fresques scintillantes terminaient de rendre l'endroit féérique.

Un monde reconstruit, en harmonie avec la nature.

- Bienvenue chez toi, chère sœur.

Même dans les mondes hostiles.

Nous avons notre place.

A condition de respecter la vie.

Un miracle de cette Terre.

Le monde changera, bientôt, les portes du monde s'ouvriront.

Car si le danger est la porte, savoir le braver est la clé.

SANG TRACE

Liraï vivait dans un de ces villages perdus, sans nom. Là où se rencontrent petites vies et grands rêves. Là où les gens se sentent à l'étroit, mais vivent avec. A des lieues de là se tenait la capitale, véritable phare de ces montagnes. Quand les charrettes arrivaient garnies de marchandises, on sentait encore la fièvre du voyage, on découvrait le privilège de voir la vie après des jours de traversée dans la solitude des éléments.

Comme dans chaque village perdu, on vivait sans prétention, dans l'attente d'un miracle, d'un tournant.

Comme dans chaque village perdu, les légendes couraient. Les chants des esprits hantaient les rues les nuits macabres où on les racontait.

Le soir, devant le feu, les mères pressaient leurs enfants contre leur ventre, leur contaient des histoires de trahison, d'amour et de magie. On vibrait ainsi, au rythme des pas du Loup Blanc, avalé par la rivière carnivore de Sagva. Et lorsque la Lune disparaissait comme on souffle sur une bougie, certains disaient entendre les pleurs d'Aev, la femme à l'esprit écartelé. Mais dans ce village, la peur et l'angoisse dominaient la nuit.

Car il se trouvait sur la route des démons.

La première fois, c'était lors d'une longue nuit d'orage, une jeune fille du village disparut mystérieusement. Il s'agissait alors de la plus belle fille du village, ses cheveux pareils à des flammes dansaient au soleil tandis que sa grâce exceptionnelle et son visage fin faisaient tomber les hommes comme des mouches. Aimée de tous, son corps demeura disparu, et du sang s'écoula de la fontaine commune. Le mois suivant, ce fut le tour d'Umela. Celle-ci, la plus belle alors du village, disparut à son tour. Ne laissant de trace autre que du sang dans la fontaine. Chaque première nuit du mois, la plus belle jeune fille du village disparaissait, et du sang remplaçait l'eau dans la fontaine. Au fil des ans, on se fit à ce sacrifice, les mères pleuraient, priant les Saints pour que leur fille ne soit pas la plus belle.

Car à quoi bon être belle, si c'est pour en mourir ?

On disait le village hanté, maudit, on tenta de le guérir, mais rien n'y faisait.

- Ce sera moi, la prochaine, disait Karime, je suis sûre que les filles ne meurent pas, elles sont emmenées dans un endroit où leur beauté est acclamée!

- Et le sang ? répliquaient les autres, tu crois qu'il vient d'où ?

Ce qui suffit à effrayer Karime, laquelle se recouvrit de cendre pour masquer son visage angélique. La nuit suivante, elle avait disparu, et du sang s'écoulait de la fontaine. Liraï vivait seule avec son père, c'était le genre de fille à rester assise lors des fêtes, à se faire discrète, attirant ainsi l'intérêt de tous les hommes comme un aimant. Sans prétention, elle ne se disait pas plus belle, mais son destin prouva le contraire. En effet, ses cheveux aux reflets de soleil et ses yeux de ciel la rendait pareil à un ange tombé des cieux. Havel, un homme étrange et silencieux, la suivait partout tel un prédateur, ce qui ne mit pas longtemps à inquiéter la jeune fille. Il se tenait devant elle, à l'abri de tous les regards, dans l'ombre. Son visage affichait un sourire en coin, tandis que ses yeux se perdaient dans ses cheveux auburns. Tremblant, il fermait et ouvrait continuellement sa main, comme si des soubresauts l'agitaient.

- Tu es belle, dit-il en tournant une mèche de cheveux de la jeune fille.

- Et alors ? répondit Liraï avec un haussement d'épaule, je vais mourir.

- Tu es belle, répéta-t-il alors comme pour lui-même, si belle.

Anxieuse, Liraï s'enquit de retourner chez elle, mais dans son dos, Havel répétait encore et encore son dialecte. Sa voix portée par le vent suivi la jeune femme jusqu'à chez elle. Là, elle claqua la porte, étouffant le chant macabre de Havel et tourna le dos au monde extérieur.

Son père l'attendait devant la cheminée, dans l'âtre, de grandes flammes rouges dansaient et illuminaient la pièce. Cet homme, grand et puissant, avait été mortifié de la beauté de sa fille, déjà fissuré par la mort de sa femme, Liraï craignait que sa disparition ne le brise complètement. Elle détestait penser qu'il se briserait après sa mort. La santé mentale de son père lui importait plus que sa propre mort. Après tout, elle n'avait plus que lui, et chaque jour, cet homme autrefois fort et courageux devenait un peu plus fade et terne.

- Liraï ? appela son père sans se détourner des flammes, tu es rentrée ?

- Oui, je suis là.

- Viens me voir.

Ses pas résonnant dans la grande pièce comme un tintement d'horloge, elle obéit, s'assit près de son père devant les flammes. La chaleur lui caressa la peau.

- Dans trois jours, ce sera le premier du mois, tu le sais ? commença son père, hypnotisé par le feu.

- Oui et… Havel est... étrange avec moi en ce moment. confia-t-elle sans répondre à sa question, les yeux baissés.

- Tu penses qu'il est la cause de tout ça ?

- Je ne sais pas, peut-être.

- Alors il faut le tuer.

Liraï crut d'abord avoir mal entendu, mais son père avait dit ces mots dans un calme infini, effrayant et terriblement sérieux. Ses paroles lui glacèrent le sang.

- Quoi ? s'enquit-elle, refusant de croire son père capable de tels propos.

Il ne le pense pas vraiment.

Malgré tout, elle se doutait qu'il serait prêt à tout pour l'empêcher de mourir, consumé par sa douleur, il avait peu à peu perdu la raison. Tuer quelqu'un d'autre que sa fille ne lui faisait ni chaud ni froid, il ne distinguait plus le bien du mal.

- Il faut le tuer, si c'est lui qui fait disparaître ces filles depuis le début, il faut le tuer. N'a-t-il pas causé assez de morts comme ça ?

- Mais, ce n'est peut-être pas lui... je... il ne faut... Il a un frère, Mecki.

Un garçon charmant et charismatique, Liraï ne voulait pas le voir pleurer, son frère était certes étrange mais Mecki ne méritait pas une telle douleur.

- Je sais. dit son père.

- Alors...

Elle s'interrompit lorsque son père posa une main apaisante sur son épaule, ses yeux enfin décrochés du feu, il sourit. D'un sourire teinté de peine et de tristesse, il exprimait son amour par des mots, des gestes qui n'avaient pas sauvé sa femme. Il pleurait chaque nuit d'amour et de remords, pour serrer sa fille si aimée dans ses bras chaleureux.

- Je ne veux pas te perdre, Liraï, pas après ta mère.

Elle ne trouva rien à répondre, son père, de toute façon, ne tuerait pas Havel, ce n'était que des paroles en l'air, dues à son manque de discernement.

- Je sais, papa.

Puis, comme pour se convaincre de ses propres paroles, elle murmura,

- Je sais.

***

Le lendemain matin, le village fut réveillé par des hurlements d'horreur, s'ensuivirent des gémissements pour laisser finalement place au silence. Tout le monde, y compris Liraï, se précipita vers le centre du village, là où se trouvait la fontaine. Un mauvais pressentiment saisit la jeune fille. Pourtant, ce qu'elle vit aurait dû être une bonne nouvelle, alors pourquoi ressentait-elle cet affreux sentiment de douleur ? Ce doute atroce, qui lui serrait les entrailles. La vision à laquelle elle fut confrontée lui arracha un cri rauque. Dans une mare de sang, seul dans le froid et agonisant, gisait le frère de Mecki, Havel, sous le regard inquisiteur d'Iphila. La femme, vieille et édentée, tenait un couteau ensanglanté tout en contemplant son œuvre comme un artiste sa peinture. Sauf que le sang servait de peinture et le couteau de pinceau. Qui aurait cru qu'une vieille femme comme Iphila puisse être aussi sanguinaire ?

- C'était lui ! hurla-t-elle en brandissant son arme, lui qui enlevait nos filles, j'ai retrouvé des bocaux de sang et des objets des filles mortes dans sa cave, ainsi que ceci !

Un sourire de dégoût se dessina sur ses lèvres, elle leva un bout de papier, puis le reporta devant ses yeux pour commencer une lecture pleine de haine et de rancœur.

- Il y a ici la liste des plus belles filles du village, toutes celles qui ont disparu ont eu leur nom barré, Daisy, Umela, Neia, Lorys, Foeza, Nygy, Cherlaye, je vous passe les anciennes, il y a aussi Karime, Georgia, Nala, Liraï !! La seule qui n'a pas son nom barré ! Il n'a pas encore trouvé les autres, ce salaud !

À ses mots, elle émit un son entre un grognement et un cri, avant de rouer de coups de couteau le corps de Havel, qui n'avait même plus la force de crier. Il fallut que son mari, vienne la tirer de sa rage pour qu'elle s'éloigne du corps, griffant comme un chat sauvage.

- Tu as tué ma fille ! continuait-elle de hurler, bien que Havel soit déjà mort, tu n'auras jamais droit au repos éternel, on ne priera pas pour toi ! Que ta famille soit maudite !

Ses cris se perdirent dans la foule, les furieux se pressaient pour couvrir de honte et d'injures le corps de Havel, d'autres pleuraient ou vomissaient à la vue du sang. Le village tout entier arrachait des membres au corps, écrasait ses organes, ce fut un massacre aveugle.

Mecki, lui, se tenait à l'écart, le visage dans les mains, comme un enfant blessé, abandonné. Lorsqu'il retira ses mains, Liraï vit que ses yeux brillaient, fixant le vide, il semblait rendre son dernier hommage à son défunt frère. Dans son air renfermé, la jeune fille perçut autre chose que de la peine, de la gratitude, plus légère qu'une brise d'été mais bien réelle.

La jeune femme s'approcha de lui lentement, elle s'attendait à ce qu'il se tourne vers elle, mais au lieu de ça, il resta figé dans sa contemplation du vide. Elle lui saisit affectueusement l'épaule. Il ne bougea pas. Sa peau était si gelée qu'elle crut un instant qu'il était mort. Hésitante, elle demanda :

- Mecki, ça va ?

- A ton avis ? répondit-il froidement sans même lui accorder un regard.

- Je... suis désolée, annonça-t-elle en baissant honteusement les yeux. Je sais que c'était ton frère, que sa mort te...

- Il méritait de mourir.

- Quoi ?

- Après tous ses crimes, j'aurais réagi de la même manière qu'Iphila, mais le pire, c'est de prendre conscience que son propre frère commettait des crimes terribles sans te mettre au courant. Le pire, c'est de voir le déshonneur et la trahison te serrer jusqu'à t'étouffer.

Liraï ne sut pas quoi répondre, elle se contenta d'acquiescer d'un hochement de tête. Enfin, Mecki se tourna vers elle. Des larmes serpentaient sur ses joues de bronze et dans ses yeux brûlait une flamme de renaissance. Sa force l'élevait plus haut. Mais à ce moment, malgré tout son courage pour affronter cette épreuve, il ressemblait à un petit garçon seul, laissé comme on abandonne un objet brisé.

- Malgré tout ça je l'aime toujours, continua-t-il avec un sourire sans joie, il est mon frère, mon sang, ma famille, et je l'aime.

Après quoi, sa voix se brisa, il se tourna et s'enfuit. Liraï se lamentait pour lui, lorsque sa chair se retourne contre soi, la douleur n'est que plus grande. Un grand vide s'installa dans le village, les habitants semblaient des âmes perdues, ils hantaient le village au lieu de le peupler. Le père de Liraï, rebattit, ne se laissait plus abattre par la douleur, son regard devenait plus brillant chaque jour et sa fille le sentait plus fort, plus apte à accepter la vie. Laraï se réjouissait de cette résurrection.

Havel ne fut pas enterré, on jeta son corps dans une rivière et il n'y eut ni prière ni cérémonie. Quelques jours après, la première nuit du mois arriva. Aucune fille ne disparut. Iphila n'avait pas menti, dans la cave de Havel, des bocaux, des membres amputés et du sang prenaient la poussière. On enterra les restes de ces jeunes filles victimes de leur beauté, et on brûla la maison d'Havel, laissant la cendre s'envoler vers le ciel, là où les âmes se retrouvent.

La vie reprit son cours, et Mecki reprenait chaque jour un peu plus de vie. Une jeune fille, Amera, dépassa finalement Liraï en beauté, mais celle-ci n'y vit que de la chance.

Car quelque mois plus tard, la terreur saisit de nouveau le village, si bien que chacun se méfiait de tout, y compris de sa propre ombre.

Un soir d'été, et pas la première nuit du mois, Amera disparut, et du sang s'écoula dans la fontaine.

Le vrai coupable courait encore, et il réclamait du sang.

***

Dans ce village, on appelle l'hiver l'été des esprits. Car les lentes colonnes de brume prennent parfois des formes insolites, tandis que le vent murmure des chants mélancoliques évoquant les sons des âmes perdues.

Mais qui s'en souciait ?

Le mal, disait-on, était une veine sur le cœur qui pourrit jusqu'à manipuler tel un pantin celui qui rencontre cette maladie. Une fissure qui ronge notre raison jusqu'à la consumer. Un jour d'hiver, tout changea. Les jours précédents on avait cru connaître un coupable, mais on s'était trompé.

Qui que ce soit, il souhaitait se baigner dans du sang.

Plus de sang.

Liraï, jeune fille d'un père aimant, sentait l'appréhension se répandre en elle, elle ne dormait plus, ne mangeait plus, s'attendait à chaque tournant que quelqu'un lui saute dessus pour la dévorer vivante et exposer ses entrailles.

Une question la tourmentait.

Quand ? Quand viendrait sa mort ?

Avant la mort de Havel, elle s'attendait à mourir, elle connaissait la date et l'heure de sa fin, s'y était préparée, avait su dire au revoir et se faire à cette idée. Mais maintenant, le tueur ne sévissait plus de la même manière. Toujours la nuit, toujours du sang dans la fontaine, toujours la plus belle fille, mais plus le premier du mois.

Alors, quand ?

Le mystère la brisait.

Elle arpentait les rues, des cernes violettes sous ses yeux, des larmes reflétant ses douleurs, ses peurs et son père se consumant de plus en plus.

Ses rêves se muaient en cauchemars. Le plus souvent, elle marchait dans la brume et soudain, à travers l'humidité, les filles disparues l'appelaient de partout, lui indiquaient la fontaine, où un miroir reflétant son visage baigné de sang l'attendait.

- Viens avec nous, disaient les filles, Tu es belle, viens... Viens.

Devant elle, le miroir se fissura, le sang coula des failles.

Soudain, des mains la saisissaient par ses jambes et des dents invisibles la dévoraient vivante

Chaque fois, elle se réveillait à ce moment, comme si elle savait que si elle allait plus loin dans son rêve, elle n'en reviendrait pas.

Sur le village, le jour devint une rivière d'or et les nuages chantèrent, la pluie, synonyme de renouveau, tomba généreusement. La vie reprit tandis qu'un nouveau jour commençait. Soudain, une silhouette se dessina dans les montagnes. Au cœur des tempêtes de neige se dessinait un visage étranger. Drapé de révélations et de vie, un homme s'aventura dans le village. Ses traits fin reflétaient l'aura de mystère qui se dégageait de lui. Ses yeux froids se perdaient dans l'ombre et des cheveux d'encre circulaient le long de ses tempes comme des serpents. Ses pas légers résonnaient contre les parois, comme si la nouveauté se démarquait de tout, tant ce village était perdu. Tout le monde se précipita vers l'inconnu, il fut inondé de questions et des regards curieux se posèrent sur lui. Mais l'homme ignora, passa son chemin.

- C'est un démon venu nous hanter !! disaient les villageois.

- Peut-être qu'il manipule nos amis pour les faire devenir meurtriers ? Peut-être attire-t-il nos filles dans la montagne pour les dévorer ?

- Il attire le mal sur notre village !

- Il doit partir ou mourir !

Les insultes, les injures et les prières emplirent l'air, seuls quelques-uns défendaient l'inconnu et le saluaient.

Liraï ne voyait pas de mal en lui mais une forme de chaleur, aussi décida-t-elle de l'accueillir chez elle et son père. D'une voix froide et lasse, il accepta.

Le soir venu, la seule lueur perçant l'obscurité fut celle de la maison de Liraï. Même la Lune semblait attendre l'heure d'une prochaine mort.

- Bienvenu !! acclama le père de Liraï, comment t'appelles-tu, mon ami ?

- Shaé, répondit le nouveau venu. Je viens de Yonliam, dans les terres du sud, plus précisément.

Liraï était à la fois heureuse et effrayée de l'enthousiasme de son père, en une fraction de seconde, à la vue de Shaé, son sourire avait refait surface.

Mais pourquoi ?

Comment était-ce possible ?

Du rire aux larmes, du vide à la vie, il était sorti de l'ombre en un battement de cil.

N'avait-il plus peur de la mort de sa fille ?

Si, bien sûr, il était sûrement brisé de l'intérieur, implosant lentement mais masquant sa douleur par des sourires de façade.

Mais pour la première fois depuis des années, il semblait serein, heureux.

Le soir se déroula en présentations et il sembla à Liraï que la présence de Shaé dans cette maison rendait plus confiant son père, dégageait malgré son attitude froide une aura qui éloignait les mauvaises ondes, même les ombres tremblaient à sa venue. Shaé était un voyageur nomade, il parcourait Axilia en quête d'une meilleure vie. Il cherchait un abri pour l'hiver et repartirait sitôt le printemps revenu. Le soir se termina en rires et en salutations, pendant cet instant la peur et l'anxiété étaient restée dehors, à regarder par la fenêtre. Le nouveau venu, d'un caractère plutôt calme, plu beaucoup à Liraï et son père. Il ne cherchait ni le mal, ni le bien, juste la paix. Ses sourires alliaient le mystère et la sagesse, ses yeux semblaient avoir vécu des siècles, bien que celui qui les portait semblât très jeune.

Cette nuit-là, Liraï dormit.

Le lendemain s'annonçait pourtant bien plus sombre.

Le matin, à peine les rayons du soleil eurent-ils caressé les paupières de la jeune fille qu'elle sentit qu'une main caressait son bras. Sa chaleur douce et apaisante ne l'alarma pas. Bien au contraire, la jeune fille se sentit en sécurité, elle ne se rendait pas compte que cette main ne la caressait pas seulement en rêve.

Elle était bien là.

Venue pour elle.

-Tu es belle, chuchota une voix douce.

La jeune fille cessa de respirer, son cœur battait à tout rompre.

Cette voix.

Liraï la connaissait.

Elle leva la tête en sursautant, ses entrailles serrées. Son regard paniqué parcourut sa chambre, s'attardant dans les moindres recoins. Personne !

- Un rêve se répéta-t-elle en respirant profondément, rien qu'un rêve.

Mais au fond, elle n'y croyait pas elle-même.

Le contact de la main s'était effacé, mais elle en était certaine, quelqu'un était venu cette nuit. Quelqu'un qu'elle connaissait, mais impossible de mettre un visage sur cette voix.

En se levant, elle sentit un poids sur ses jambes, une douleur lui grignotait la chair, cet insecte qui grimpe sur son corps et le ronge jusqu'à l'os. Cet acide qui emplit votre bouche d'une salive amère et comprime vos organes jusqu'à l'étouffement. Elle devait sortir de cette pièce, le voulait, la poignée de bois l'accueillait. Soudain, de la lumière perça dans l'entrebâillement.

La porte s'ouvrit dans un grincement et Shaé entra. Brusquement, la tension s'apaisa.

- Bonjour, déclara-t-il, est ce que ça va ?

- Bonjour Shaé, oui ne t'en fais pas !

- Tant mieux.

La chaleur ressentie la veille emplit la pièce, le jeune homme s'assit près de Liraï, un sourire rassérénant aux lèvres. Leurs yeux se croisèrent et quelque chose traversa son regard. Ce n'était pas de l'amour, mais plutôt de la peine, de la tristesse à son égard. Lorsque Shaé détourna le regard, Liraï sentit un vide en elle, un trou creusé dans son esprit où résonnaient des voix de mort.

- Tu as fait un cauchemar ?

- Comment le sais-tu ?

- Je sais beaucoup de choses.

Il posa sa main sur celle de Liraï, celle-ci tressaillit. Si douce, si chaude, il lui semblait toucher du ciel.

- J'ai... Quelque chose à te dire, poursuivit-il

- Oui ?

- Mecki a... demandé ta main.

- Pardon ?

Elle peinait à croire une telle déclaration, tombée entre eux, brisant l'air, comme un poids mort.

- Il est allé voir ton père hier.

Le regard fuyant, elle tourna la tête, comme pour chasser cette idée, l'oublier et la proclamer rêvée, juste rêvée. Cependant, c'était bien réel. Elle ne savait pas quoi en penser.

- Parle-moi de ton cauchemar. murmura Shaé, que se passe-t-il dedans ?

- Je... je suis dans la brume et les filles disparues me parlent.

Elle se sentit un peu bête, ses joues se peignirent de pourpre tandis qu'un sourire timide se dessinait sur ses lèvres.

- Et ensuite ?

- Ensuite, suivit-elle, il y a un miroir qui se fissure et du sang qui coule. Les filles m'appellent et...

- Et ?

- Et je me réveille.

- Ne me mens pas.

Devait-elle lui parler de la voix ?

Rien que d'y penser, elle ressentait la caresse et le murmure. Rien que d'y penser, elle frissonna d'effroi.

- Je ne mens pas, dit-elle finalement.

Etonnamment, il se contenta d'acquiescer d'un hochement de tête, les yeux brillant d'une lueur mystérieuse. Il savait bien qu'elle mentait, mais ne souhaitait pas insister.

- Tu sais, Liraï, tu pourras toujours compter sur moi, tout me dire.

- Pourquoi tu es si gentil ? On se connaît à peine !

En guise de réponse, il se contenta de lui confier une lettre, une odeur d'ancienneté enfuma la pièce.
Drôle de manière de faire connaissance ! Elle ne savait presque rien de lui, et il se comportait comme s'il la connaissait depuis toujours !

- Tu ne dois ouvrir cette lettre que lorsque le moment sera venu, ordonna-t-il, uniquement à ce moment et pas avant.

- Quand viendra ce moment ?

- Tu le sauras, c'est tout.

Il parlait d'une voix étrange, à la fois brisée et passionnée. Ses yeux laissèrent tomber une larme qui roula sur sa joue pour s'écraser sur le papier. Un silence pesant s'installa. Il semblait figé, le temps lui-même rendait un hommage. Mais à quoi ? Qu'y avait-il dans cette lettre ? Lirai brûlait d'envie de savoir pourquoi Shaé pleurait. Elle voulait ouvrir la lettre et la lire, chasser les larmes de son ami, le comprendre. Son visage toujours impassible, seules les larmes trahissaient son chagrin, son silence devenait effrayant.

- Je te le promets, intima-t-elle finalement.

- Merci.

A ces mots, Shaé se leva d'un bond et se dirigea vers la porte. A la dernière seconde, il se tourna vers Liraï.

- Officiellement, tu es fiancée à Mecki, il t'attend près de la fontaine.

Puis, il laissa la jeune femme seule avec ses doutes et sa lettre, perdue dans l'océan de ses pensées.

***

La lettre, les fiançailles. Ces nouvelles furent les principales préoccupations de sa journée. Plus tard, alors que Shaé s'était volatilisé, elle retrouva Mecki dans le village. Elle sentait la lettre taper sa jambe dans sa poche alors qu'elle rejoignait son fiancé. D'un côté, elle avait hâte que le moment de l'ouvrir arrive, d'un autre, elle pensait bien que ce serait dans une situation périlleuse qu'elle devrait l'ouvrir. Elle n'avait aucune envie de risquer sa vie. Le regard perdu, Mecki fixait la fontaine de la place. Des traces de sang séché veinaient le marbre blanc, lui donnant un aspect sanglant et abandonné. Véritable puits sans fond, l'eau était dite maudite et plus personne n'osait s'abreuver à cette fontaine. Liraï rejoignit Mecki au bord de la fontaine.

- Alors, tu as demandé ma main.

Elle avait dit ça comme un constat, sans reproches. A vrai dire, elle ignorait comment réagir à la demande. Devait-elle en vouloir à Mecki ? Après tout, il avait perdu son frère. Elle ne ressentait pour lui que de l'amitié, mais pas de haine, elle n'y parvenait pas. Elle resta assise à écouter la réponse, incertaine de ce qu'elle devait penser.

- Je veux pouvoir te protéger de l'assassin. répondit Mecki, tu es la plus belle à présent, et je ne veux pas qu'il t'arrive malheur. J'ai perdu ma mère et ma sœur, je veux vous offrir la sécurité et le bonheur éternels.

Son regard resta perdu dans l'air, suspendu à un fil.

- Moi non plus je ne veux pas mourir. dit finalement Liraï. Enfin, je veux dire, avant, je savais la date de ma mort. Et maintenant, j'ignore tout. C'est tellement...

- Oppressant ? coupa Mecki, tourné vers elle, il avait l'air changé.

Autrefois, son regard rêveur s'envolait d'un bleu léger. Aujourd'hui, son regard était dur et assuré, comme celui d'un homme trop mature, trop autoritaire et trop sûr de lui. Il la fixait dans les yeux avec une envie presque animale, une pulsion de désir pur. Comme s'il pouvait la dévorer en un regard, la faire sienne, ce qui la figea.

Il a changé.

- Oui... murmura-elle en baissant le regard.

- Ne t'en fais pas, poursuivit Mecki, si on part d'ici, tu ne craindras plus rien, tu me suivras et tu m'aimeras. Nous serons ensemble pour toujours.

Il avait dit cela sur un ton sec, presque menaçant, chargé de sous-entendus.

- Quoi ?

C'était donc ce qu'il voulait ? La forcer à quitter le village, son père, sa maison ? Comment osait-il vouloir la forcer à partir ? Il ne se souciait même pas de son avis.

Il voulait une belle petite femme soumise et docile.

Je ne suis pas un animal de compagnie.

Elle sentait la colère brûler, prête à exploser.

Lentement, il posa sa main tremblante sur les joues chaudes de Liraï, elle eut envie de la lui couper.

Il se rapprochait des lèvres de la jeune fille, mais celle-ci le repoussa frénétiquement.

- Liraï, fais attention ! Si tu ne m'obéis pas tu ne seras pas protégée !

- Je n'ai pas besoin que tu me protèges, laisse-moi !

À ces mots, elle s'éloigna en courant, comment osait-il la prétendre faible ? Comment osait-il la soumettre ainsi ? Jamais elle ne serait sa femme docile, jamais elle ne l'aimerait. Une autre idée lui était venue à l'esprit lorsqu'il l'avait fixé. Et si c'était lui ? Et s'il avait enlevé et tué les filles ? Ce regard. Il voulait toutes les plus belles filles, pour lui et lui seul. Mais pourquoi ? Comment en être sûr ?

La jeune femme courait à en perdre le souffle à travers le village, seul le désir de semer le regard de Mecki l'animait. Soudain, un homme se dressa devant elle.

- Shaé ? cria-t-elle en apercevant son ami, qu'est-ce que tu fiches ici ?

- Chut, lui intima-t-il en regardant par-dessus son épaule, personne ne doit nous voir.

À ces mots, il saisit fermement le bras de Liraï et la tira vers les rues abandonnées du village. Là où personne ne mettait jamais les pieds.

Celle-ci, un mauvais pressentiment en tête, le suivit, malgré la tension qui montait entre eux. De toute façon, elle doutait d'avoir son mot à dire. L'attitude de Shaé l'inquiétait de plus en plus, tout comme celle de Mecki. Chaque pas lui serrait un peu plus l'estomac, chaque bruit la faisait sursauter. Shaé, lui, continuait d'avancer, le visage fermé.

Bientôt, la nuit recouvrit les montagnes et les ombres scrutèrent les deux intrus d'un œil suspicieux. Ou plutôt l'intruse, car si Liraï sentait ses mains trembler au rythme de son appréhension, Shaé, lui, semblait être une tout autre personne.

Il marchait à poings fermés. Son visage semblait s'être effacé, éclairé par des ombres et le regard froid, comme gommé par la nuit. Seuls ses yeux luisaient tels deux cristaux de verre. Drapé de noir et de rouge, les mains gantées, il menait une marche lugubre avec Liraï. Dans ses mains flottait un flacon de verre vide, laissant un léger tintement résonner dans le froid. La jeune fille était terrorisée tant par la nuit que par Shaé. Les bâtiments de briques se dressaient sur eux, les jugeant et les écrasant de leurs ombres. Liraï avançait malgré tout, tirée par une main lui broyant le poignet. Sa voix, comme coupée, se voyait étouffée à la moindre tentative de parole.

Cette fois, elle ne pensa de Mecki que d'un homme brisé et endurcit. Mais le doute se faufilait de partout. Elle allait mourir, et par la main de Shaé, comme pour les autres filles. Impossible de partir, impossible de crier, figée et muette, elle se laissa entrainer, priant pour s'être trompée. Cela continua ainsi jusqu'à un escalier menant vers les entrailles de la terre.

- Avance, ordonna Shaé sèchement, d'une voix que Liraï ne reconnut pas.

Elle lui jeta un regard interrogateur, pas de réaction. Le Yonliamien la scrutait d'un air sombre, à croire qu'il tentait de comprendre le fonctionnement de son esprit. Elle aurait dû rester avec Mecki, il avait raison, elle était faible.

Je n'ai pas besoin de protection, avait-elle dit.

C'était le moment de le prouver.

Vivre ou mourir, le choix est simple.

Prise d'un élan de colère, Liraï se retourna et se débattit furieusement, tenta d'arracher la main de Shaé, de la faire lâcher prise. Des larmes coulaient, des cris se perdaient dans les rues sombres. Elle ruait, frappait, griffait. Prise de violentes convulsions, les larmes embuèrent sa vue. Elle sentit ses jambes la lâcher. A terre, comme un petit animal blessé, elle pleura jusqu'à en perdre ses larmes, les joues en feu.

Je ne veux pas mourir !

Le ventre serré et les yeux brulants, elle ne vit pas le couteau se plaquer contre sa gorge, sa lame froide tracer un fin filet de liquide écarlate. Une main la releva violemment. La douleur lui saisit le cœur.

- Pitié, parvint-elle enfin à prononcer.

- Je n'ai pas besoin de pitié, quand je peux avoir ce que je veux. répondit son agresseur d'un ton glacial, remuant le couteau dans la plaie. Littéralement.

Arrachant à nouveau des larmes des yeux de Liraï. Il y a à peine une heure, il avait été rassurant, solidaire et amical avec elle. Aujourd'hui, il lui faisait subir douleur et sûrement mort au bout du chemin. Avait-il agi ainsi avec les autres filles ? Les avait-il charmées ainsi, se faisant passer pour un étranger en quête d'un monde meilleur ? Les avait-il brisées de la même manière ? Liraï n'était qu'une proie parmi tant d'autres, elle ne valait surement pas plus que de la viande pour lui. Cela achevait de la détruire.

Liraï s'engouffra dans l'escalier, redoutant le lieu où il la mènerait. Ses pleurs étouffés par la terreur, elle se laissa guider sans se débattre à travers le couloir tapissé d'ombres. Ignorant l'humidité lui englobant les cheveux et la morsure du couteau dans sa chair, Liraï avança, seule la lueur d'une torche lui permettait de ne pas trébucher.

Je ne veux pas...

Elle repensa à ce que Shaé lui avait fait promettre.

Ne l'ouvre que quand viendra le moment

Comment le saurais-je ?

Tu le sauras, c'est tout

Les mains tremblantes, elle saisit la lettre.

La lumière dansa sur le papier, l'appela à la lire.

Elle ne résista pas.

En s'apercevant que Shaé ne réagissait pas, elle commença sa lecture, peinant pour ne pas se laisser écraser sous le poids de ce qu'elle impliquait.

Chère Liraï

Elle avançait, poussée à travers un couloir aux murs suintants.

Si tu lis cette lettre, c'est que le moment est venu.

La main qui entourait son poignet devenait plus oppressante à chaque pas.

Tu ne dois pas avoir peur.

Ses entrailles se serraient, son sang se glaçait.

Je suis avec toi, ne l'oublie pas.

Des larmes creusaient ses joues meurtries.

Il y a beaucoup de choses que tu dois savoir, que j'aurai dû te dire depuis longtemps.

Elle voulait tout abandonner, tout oublier, elle voulait mourir, tant son chagrin était grand.

Il est vrai que tu ne me connais que depuis peu de temps, mais moi, je sais tout sur toi.

La lettre dans les mains, les mots d'encre mêlés à ses larmes.

Tout comme je connaissais les autres.

L'ami quelle voulait connaitre, qu'elle voulait aimer, la trainait à travers l'obscurité.

Je savais que des choses étranges se passaient, je voulais savoir quoi.

Elle se repassait les mots de cette lettre, qu'elle n'avait pas eu la force de lire jusqu'au bout.

Je les ai vues disparaitre, je les regardais sans agir.

Trop de douleur, trop de peur, trop de sang l'empêchait de voir.

Alors je suis venu en parfait inconnu et je t'ai rencontré, toi, la plus belle du village.

Pourtant, le désir la rongeait, elle voulait savoir, elle le devait.

En parallèle, j'ai mené mon enquête, et ce que j'ai découvert m'a terrifié.

Son cœur s'emballait tandis que l'homme derrière elle ne disait mot.

Mais il y a un prix pour tout, y compris pour ça.

Elle avait lu jusque-là, mais avait dû s'interrompre, la peur la rongeait, elle ne savait pas si elle souhaitait vraiment savoir la vérité. Le papier froissé dans sa main, elle continua d'avancer. Cette histoire lui faisait penser aux histoires que sa mère lui comptait. Celle de la rivière carnivore la faisait particulièrement frissonner, dans cette histoire, un loup blanc ordinaire tomba dans une rivière. Par le lien du sang, leurs esprits fusionnèrent. Depuis, la rivière dévore qui tombe dans ses eaux maléfiques, devenue aussi carnivore qu'un loup.

Sa mère lui disait toujours qu'une part de vérité se cachait derrière les contes, des leçons à en tirer. Mais Liraï était enfant, elle ne prêtait pas attention à ce genre de détail. Sa mère avait disparu, son père meurtri. Tout ce qu'elle aimait, elle le perdait aussitôt, et à l'instant où quelqu'un revenait dans sa vie, il la trahissait. Ses yeux comme des miroirs, elle pleurait sans s'arrêter, ses mains tremblantes tant de froid que de peur. Soudain, une porte apparut, en bois noir et sûrement brulée, elle dégageait une douleur démesurée. Liraï observa avec horreur Shaé insérer une clé dans la serrure et ouvrir la porte sur une salle sombre. Un frisson glacé parcouru le dos de la jeune fille alors que Shaé la poussait à l'intérieur. Des bras d'ombre l'enveloppèrent, dans les coins pointaient de petites flammes, leur énergie semblait aspirée par le mal de la pièce. L'atmosphère sentait la cendre et il lui semblait sentir des mains froides sur ses épaules et entendre des murmures dans ses oreilles.

Tu ne dois pas avoir peur.

Le plafond s'élevait très haut et les murs étaient larges. Ils devaient se trouver très bas sous la terre. Au centre de la pièce patientait un trône de bois, tourné vers une armoire tapissant tous les murs. Que renfermait-elle ? Une horloge produisait un rythme sinistre qui résonnait dans chaque recoin. Elle avait envie de hurler, jusqu'à s'en briser la voix, de hurler si fort que le passé resurgirait, qu'elle serait à nouveau heureuse et que plus jamais elle ne serait trahie. Elle voulait tout oublier, revivre son enfance, crier à Shaé de se réveiller. Elle voulait partir, loin, très loin, seule avec son père et ses larmes, suivie des fantômes du passé. Elle tenta de se laisser tomber, mais Shaé la retint. Enfin, une voix forte et mesquine s'éleva du siège.

- Bienvenu Liraï, j'espère que le voyage a été agréable !

- Très bien, répondit celle-ci d'une voix sèche, la haine qu'elle éprouvait faisait vaciller les bougies.

- Lâches-la, ordonna l'inconnu.

À ces mots, Shaé desserra son emprise, délivrant ainsi Liraï de toutes entraves. Malgré tout, elle ne bougea pas. Elle se força à refouler sa colère et l'envie de s'enfuir après avoir bien fait comprendre sa fureur à l'homme.

Patience.

Tout vient à point à qui sait attendre.

- Que voulez-vous ? Me tuer ?

- Tu vas nous accompagner pour un voyage, un très long voyage.

Elle ne trouva rien à répondre, tout cela n'avait aucun sens. Que renfermaient ces armoires ? De quel voyage s'agissait-il ? Pourquoi « Nous » ?

- Quand vous dites « nous », vous parlez de Shaé ? interrogea-t-elle.

Un rire grave éclata, il rebondit contre les parois, augmentant son aspect sinistre.

- Shaé ? reprit-il, hilare. Non, bien sûr que non, il ne m'est plus d'aucune utilité.

- Quoi ?

Le temps ralentit, derrière elle, Shaé s'écroula lourdement. Liraï se précipita vers lui. Les yeux ouverts sur la mort, respirant par saccades, il fut frappé de convulsions.

- Shaé, non, reste avec moi !! hurla-t-elle sans réellement comprendre la situation.

Ses yeux reprirent de la couleur, son regard moins dur, sa peau moins pâle, un embryon de sourire se dessina sur ses lèvres.

- Liraï ? murmura-t-il en tremblant, c'est bien toi ?

Il semblait revenir de loin, comme s'il était amnésique.

- Oui, oui c'est moi, je vais te soigner, tout va bien se passer je te le promets !!

Un filet de sang perça à travers ses lèvres, Liraï saisit sa main, elle était gelée. Son corps entier tremblait, une lueur de panique brillait dans ses yeux. Il faiblissait plus à chaque secondes.

- La... lettre, articula-t-il, lis-la, c'est... très impor... tant...

À ces mots, sa tête retomba, ses yeux s'éteignirent et son corps cessa de trembler.

Liraï le secoua, pas de réaction, elle répéta son geste mais en vain, Shaé était mort.

Shaé, un ami qu'elle venait de rencontrer mais qu'elle connaissait depuis toujours, un homme mystérieux mais attentionné. Il avait rapporté de la chaleur, de la vie chez Liraï et son père. Et maintenant, il gisait, mort après avoir livré son amie à un tueur fou. Elle ne retint pas ses larmes, plus jamais.

Plus jamais.

Elle était condamnée à perdre ceux qu'elle aimait.

Tout ce que j'aime est aussitôt détruit.

Elle était seule, en proie à une mort certaine, cette douleur s'apaiserait-elle un jour ?

Il lui fallait mourir pour ça.

Mais je ne veux pas mourir.

Je ne veux pas laisser mon père seul, cette vie est la mienne, et j'y tiens malgré la douleur.

Mais qui la protégerait maintenant ?

Shaé.

Le mystérieux et protecteur Shaé, le froid mais sensible voyageur de Yonliam, ne lui sourirait plus jamais. Ne rendrait plus jamais plus chaleureuse la maison, ne rendrait plus jamais la joie de vivre à son père. Même si elle ne le connaissait quasiment pas, elle avait tissé un lien fort en quelque temps avec lui. Pourquoi ? Elle l'ignorait, mais c'était ainsi. D'un geste, elle referma les yeux de Shaé, il était en paix.

Elle laissa le chagrin se répandre dans ses veines, alimenter le moindre de ses gestes, la rendre plus forte, plus vengeresse. Sans réfléchir, elle se jeta sur le fauteuil de bois dans un cri sauvage. Mais lorsqu'elle fit face à l'intérieur du siège, son sang se figea.

Il n'y avait personne. Juste du vide.

Où était-il passé ?

Elle se tourna frénétiquement, inspectait chaque recoin de la pièce. Personne. Un goût amer d'un mauvais pressentiment dans la bouche, elle repensa aux paroles de Shaé.

Lis la lettre.

Hâtivement elle saisit le papier froissé dans sa poche et poursuivit sa lecture. Elle ignorait où était passé son agresseur mais craignait qu'il ne la surprenne.

Ses yeux arpentèrent les mots griffonnés avec un intérêt effrayant.

Chère Liraï

Si tu lis cette lettre, c'est que le moment est venu.

Tu ne dois pas avoir peur.

Je suis avec toi, ne l'oublie pas.

Il y a beaucoup de choses que tu dois savoir, que j'aurais dû te dire depuis longtemps.

Il est vrai que tu me connais depuis peu de temps, mais moi, je sais tout sur toi.

Tout comme je connaissais les autres.

Je savais que des choses étranges se passaient, je voulais savoir quoi.

Je les ai vues disparaitre, je les regardais sans agir.

Alors je suis venu en parfait inconnu et je t'ai rencontré, toi, la plus belle du village.

En parallèle, j'ai mené mon enquête, et ce que j'ai découvert m'a terrifié.

Mais il y a un prix pour tout, y compris pour ça.

Les filles servent d'offrandes, des offrandes humaines exigées par une de vos légendes, vous les croyez fausses mais elles sont bien réelles.

J'ai découvert qu'un homme enlevait les filles les plus belles, tous les mois, il les offrait à cette légende afin de l'apaiser, il est devenu fou et n'éprouve aucun remord.

Pour en savoir plus, je me suis allié avec lui pour le ronger de l'intérieur, j'ai pris toutes les précautions nécessaires mais j'ai un mauvais pressentiment. Je crois qu'il me cache quelque chose.

Je te donne cette lettre pour te révéler quelque chose qui te détruira sûrement, je ne sais pas si je reviendrai vivant alors je t'en donne une trace.

Voici l'histoire depuis le début.

C'était il y a 2 ans. Deux hommes, Mecki et Elio, le premier jeune d'environ 14 ans, le second de 30 ans. Malgré leur différence d'âge, leur affection était grande et ils aimaient se retrouver pour explorer les environs. A cette époque, seule leur amitié comptait. Un jour, alors qu'ils longeaient la rivière source de la fontaine du village, un passage épineux traça des entailles sur leurs jambes. Alors qu'ils se sortirent de cette situation, Mecki trébucha et tomba dans la rivière. Elio, n'écoutant que son instinct, plongea lui aussi dans l'eau et ramena son ami à la surface. Mais leurs blessures sanguinolentes laissèrent couler le sang dans l'eau.

Plus tard, alors qu'ils se pavanaient ensemble dans les rues, une voix s'insinua dans leur tête, d'où venait-elle ? Aucun moyen de le savoir, elle leur ordonnait de capturer la plus belle fille du village et de l'amener le soir près de la rivière source du village, la rivière dans laquelle Mecki était tombé. Ils se dirent qu'ils déliraient, que c'était dû à l'eau qui leur brouillait le cerveau, alors ils n'obéirent pas, pas plus que la deuxième, la troisième, et la quatrième fois que la voix leur parlait. Ils se crurent malades, fous, alors ils virent un médecin qui se moqua d'eux, personne ne les croyait alors ils cessèrent d'en parler. Le temps passa et la voix dans leur tête les fit perdre la raison, ils souhaitaient que cela s'arrête et alors la cinquième fois que la voix leur réclama des jeunes filles, ils obéirent.

A contrecœur, pleurant et se promettant l'enfer, ils enlevèrent une femme et la déposèrent près de la rivière. Ce manège continua, au départ, uniquement pour en finir avec cette voix, puis, plus le temps passait, plus une soif de sang s'insinuait en eux. Leurs émotions se tarirent et ils obéirent les yeux fermés à cette voix. Tout bascula le jour où ta mère devint la plus belle femme de ton village, ton père a toujours refuser de te dire la vérité, tu avais 10 ans et tu ne voyais pas encore le monde d'un œil adulte. Mais aujourd'hui, je suis désolé d'avoir à te l'apprendre, ta mère est morte comme les autres. Ce geste détruisit Elio, il ne se remit jamais de l'avoir tuée.

Tu le sais à présent, Liraï, Elio a tué ta mère, ton père a tué sa femme.

Liraï s'interrompit à cette phrase, partagée entre colère et dégoût. Elle voulait déchirer la lettre et la brûler, tout oublier et rentrer chez elle avec son père. Mais son père avait tué sa mère, la femme qu'il aimait, il l'avait donné en offrande à ... *Quoi ?*

Qu'est-ce qui dans les légendes réclamait ainsi des jeunes filles, rendant fous des hommes ?

Elle ne pouvait pas détester son père, mais lui en voulait, lui en voulait d'avoir caché la véritable mort de sa mère, lui en voulait d'avoir tué sa femme sans résister. Elle n'avait pourtant aucune raison de croire la lettre, mais tout lui paraissait si évident à présent. Cela expliquait beaucoup de chose. Son attitude mystérieuse et brisée, son esprit blessé. Il pleurait pour sa fille mais aussi pour son ami, devenu fou et meurtrier.

Son père savait que c'était Mecki, il avait trop peur, trop peur de perdre son ami de toujours en le dénonçant. Son silence l'avait détruit.

Mais s'il savait pour Mecki, pourquoi avait-il fiancé sa fille à ce tueur ?

Un affreux doute empoigna son cœur.

Et si la voix le lui avait ordonné ?

Et s'il savait que sa fille mourrait et qu'il l'offrirait à Mecki ?

Ses mains tremblaient à cette idée. Ce père qu'elle avait aimé, qui lui avait promis sa protection l'aurait trahi. Elle ne pouvait en être certaine, mais cette sensation de solitude la rongeait. Le papier flottait dans ses mains, l'attirait et l'appelait, les larmes s'écoulant de ses yeux, elle les posa dessus et continua la lecture, redoutant de savoir la suite.

Ce meurtre fut la goutte de trop pour Elio, il décida de se suicider, ainsi, il ne serait plus utile à la voix. Mais celle-ci l'en empêcha, lui implora de ne pas mourir, elle lui fit la promesse de le laisser seul. Ton père obéit et t'éleva dans le secret, le secret envers son ami qui continuait sa tuerie, il ne pouvait le dénoncer, pas après avoir perdu sa femme. Alors il t'éleva dans le mensonge, et Mecki poursuivait les offrandes. Jusqu'au jour où tu es devenue la plus belle fille. Ce jour-là, Havel est mort, accusé d'être coupable. En réalité, c'était son propre frère qui avait mis les bocaux et les membres chez Havel, car celui-ci commençait à douter de Mecki. Il a donc fait cela pour effacer ses traces. Mais la voix est revenue et les offrandes ont repris.

Puis, tu es de nouveau devenue la plus belle. Je suis arrivé, décidé à percer tous les mystères et à réussir à mettre Mecki en déroute. De plus, tu es la fille d'un des tueurs, tu te devais plus qu'un autre de connaître la vérité. J'ignore quelle légende réclame les offrandes, j'ignore pourquoi ton père t'a fiancée à Mecki alors qu'il souhaite te tuer, j'ignore d'où vient le sang de la fontaine. Mais je sais que tu arriveras à t'en sortir, je t'aiderai toujours, si je venais à mourir, sache que je t'aime beaucoup, tu es forte et courageuse, une amie formidable.

Trouves les réponses, finis-en, sauve ton village.

Tout ce que je peux te dire, c'est de te souvenir des histoires, même les plus brèves que tu as entendu durant ton enfance et maintenant, souviens toi des légendes, Liraï.

Je suis désolé pour tout ça, je sais que ça fait beaucoup à digérer, mais je sais que tu t'en sortiras.

Affectueusement,

Shaé.

Elle reprit sa respiration, traitant l'air tout en pleurant, en encaissant et en culpabilisant, son monde même ne tenait plus debout. Elle n'avait plus rien. Ni père, ni amis. Et voilà qu'un poids énorme pesait sur ses épaules, elle devait finir ce que Shaé avait commencé, en dépit de son cœur flétrit, de la trahison, de cette tristesse, lame acérée lui dévorant l'âme. Elle devait se relever. Battre cette souffrance, transformer sa douleur en force, revenir et gagner. Désormais, elle savait que c'était bien Mecki qui lui faisait tant de mal, et elle aurait une discussion avec son père une fois tout cela terminé.

Serrant la lettre contre son cœur, relique du dernier souffle de l'homme le plus courageux qu'elle ait rencontré. Mais elle ne comprenait pas pourquoi il avait changé d'un coup, comme s'il était manipulé, possédé par une force inconnue.

Et puis, pourquoi parlait-il des légendes ? Elle en avait des milliers en tête, le loup avalé par la rivière, l'esprit écartelé par les 100 cris des morts, des âmes perdues dans les montagnes...

Encore quelque chose à découvrir. Soudain, un bruissement retentit près du trône de velours. Par précaution, elle saisit le couteau de Shaé, peut être servirait-il le moment venu ? Se retournant lentement, des frissons lui parcourant le corps, elle s'approcha à pas de loup. Lorsqu'elle arriva en face, elle se figea, sa respiration lui parut soudainement trop forte, les parois se refermaient sur elle, l'oppressant de plus en plus. Un papier gisait sur le fauteuil, venant de nulle part, son message macabre s'imprima dans la rétine de Liraï

Derrière toi

A peine eut-elle le temps de se retourner qu'un choc frappa son crâne, la plongeant dans les ténèbres, là où la mort et la vie ne font plus qu'une.

Lorsqu'elle reprit connaissance, la terre défilait sous ses jambes, elle avançait, tirée par une main malveillante. Les souvenirs revinrent en un éclair, Mecki, le sous-sol, Shaé. Les larmes coulèrent, une vague de panique en prise avec son estomac, elle se débattit, tenta de hurler, mais le bâillon lui obstruait la parole et seuls des couinements étouffés sortaient de sa bouche.

- Tu sais, ton père comptait beaucoup pour moi, mon frère aussi. La seule différence est que Havel risquait de me dénoncer, alors que ton père est trop lâche pour le faire.

- N... gémit Liraï, Non, mon père n'est pas... n'est pas un lâche...

- Ben voyons !! Et pourquoi crois-tu qu'il n'a pas essayé d'empêcher ta mort ? Il a peur, peur de moi et de cette voix, il tient à toi, mais ne sais pas comment te garder !

- Il a essayé...

- Essayer n'est pas réussir !

Elle ne trouva rien à répondre, après tout, il avait raison. Elle ne comprenait plus rien à son père, et cela la brisait, la hantait et la rongeait somme une fissure qui s'étend sur son cœur et le dévore avec elle.

- Allons, poursuivit Mecki (du moins, elle pensait que c'était lui), ne soit pas si triste, tu vas servir une noble cause !

À ces mots, il lâcha son col et la força à se relever. Liraï contempla, ébahie, le paysage qui s'offrait à elle. Une longue rivière serpentait entre les rives, son eau translucide prenait une teinte légèrement rougeâtre et elle semblait vivre, frémir à l'arrivée de la jeune fille. Frémir de plaisir. Soudain, Mecki s'agenouilla, Liraï put enfin le voir, elle regretta d'avoir tourné la tête.

Le Mecki qui se tenait devant elle n'était plus le même, son visage dur et froid dégageait une aura malsaine et sanglante, il semblait prêt à déchiqueter quiconque se dresserait sur son chemin. Dans son regard luisait une lueur effrayante de soif de sang. Liraï n'osait plus esquisser le moindre geste, trop effrayée des conséquences que cela aurait.

- Voici la rivière qui alimente notre fontaine, dit Mecki sous le regard anxieux de Liraï, mais c'est aussi une rivière qui a inspiré nos légendes, des légendes qui ne sont pas forcément fausses.

- Quelles légendes ? Que signifie cette rivière ?

En réalité, un pressentiment rongeait la jeune fille, au fond, elle savait pourquoi elle était là, elle savait ce qu'était réellement le danger, mais elle en avait trop peur pour y croire.

- C'est la rivière carnivore.

Liraï blêmie, noyée dans une vague de panique. Si c'était réellement la rivière carnivore, la légende la plus redoutable et la plus effrayante, alors elle avait toutes les chances de mourir.

- La... La rivière carnivore, celle du loup ? balbutia-t-elle, celle dans laquelle un loup blanc tombe dans la rivière et fusionne avec son esprit, rendant la rivière avide de sang, poussant des marins au naufrage ?

Dire qu'elle avait pensé, pendant des années, que ce n'était qu'une histoire pour faire peur aux enfants !

Les légendes sont souvent fondées sur une vérité.

Elle comprit seulement maintenant leur réel sens.

Mettre en garde.

- Oui, elle existe. Mais elle possède un pouvoir très précieux. Lorsque je suis tombé dans la rivière et que ton père est venu me chercher, la rivière aurait pu nous dévorer tout de suite, mais elle a vu une autre opportunité. Notre sang était lié à son eau, lui donnant un accès à notre esprit grâce au lien du sang. Elle nous a forcés à lui amener des jeunes filles belles tous les mois, augmentant ainsi les rendements, pouvant engloutir tout le village à la place de se contenter de deux personnes. Mais ton père est sorti de son emprise par le chagrin d'avoir tué sa propre femme. Alors j'ai continué seul dans le secret. Ton père pensait que, si je me fiançais à toi, je t'épargnerais, en tout cas je le lui avais assuré. Il y croyait vraiment, pensait que j'étais toujours son ancien ami ! Le sang dans la fontaine, c'est tout simplement l'eau rougie qui arrivait, vous buvez l'eau de votre mort ! Mais elle doit être dans son lit pour dévorer les corps. Nous avons faim, c'est toi qui seras la prochaine.

Il est fou.

Consumé par cette voix, son esprit est dévoré, écartelé.

Il éclata d'un rire empli de rancœur et de folie, il résonna dans la vallée, ses mains tremblaient, se tordaient dans des craquements d'os. Son rire se mua en pleurs, il restait à se lamenter, marmonnant des injures et des prières. Puis, il poursuivit son récit sanglant, à nouveau plongé dans sa folie.

- Ensuite, j'ai manipulé ce pauvre Shaé, le poussant à me trouver, et lui faisant avaler un poison ensorcelé, me permettant de le contrôler et de le tuer le moment venu. Tu as dû le trouver bizarre, c'était l'effet du poison ! Puis je t'ai laissé découvrir la vérité avant de mourir, tu emporteras ces secrets dans ta tombe avec ton chagrin !

Il se pencha vers son visage, ses yeux d'un bleu ciel inhabituel injectés de sang.

- Salue mon frère de ma part, tu veux ?

À ces mots, il empoigna Liraï. La jeune fille se débattit au mieux, tentant d'atteindre son rival au visage, de le frapper, le griffer. Elle hurlait, tirait sur son bras, pleurait toutes les larmes de son corps.

- Laisse-moi !! hurlait-elle, je t'en prie !

Mais en vain. Elle chercha désespérément le couteau de Shaé, mais cet infâme Mecki le lui avait retiré ! Dans une dernière pensée pour Shaé, elle ferma les yeux et attendit sa mort. Soudain, un hurlement bestial s'échappa de la gorge de son agresseur. Intriguée, Liraï leva les yeux, la vie émanait du corps de Mecki sous forme de liquide rouge, il se rependit sur ses vêtements, coula d'une dague émergeant entre ses côtes. Le hurlement de douleur s'interrompit, Mecki, prit de convulsions, s'écroula dans son sang, sa bouche ouverte laissant couler un mince filet rouge. Ses yeux éteints fixant la rivière, les mains de la mort englobèrent son corps. C'était fini, la mort qui dansait avec les filles dansait cette fois ci avec lui.

Liraï observa, interloquée, la main de son assassin se desserrer, mourir à sa place. Lorsque le corps de Mecki s'écroula, elle aperçut celui qui maniait la dague.

Elio.

Son père.

N'écoutant que son cœur, elle se jeta au cou de son père avec une exclamation, son corps chaud contre le sien. Elle ne pouvait que l'aimer dans un moment pareil.

- Papa, je... je... bégaya-t-elle

- Chuuuut, c'est fini... Je suis désolé, je n'aurais jamais dû te laisser avec lui.

- Mais comment m'as-tu...

Avant qu'elle ne puisse terminer, un homme s'avança de derrière son père.

Shaé

- Sh... Shaé ?? s'exclama-t-elle en voyant son ami, mais tu étais...

- Mort ? J'avais pris mes précautions, tu m'as laissé pour mort, mais je ne l'étais pas.

- Mais tu ne respirais plus ! Ton cœur ne battait plus !!

- Si mais tellement faiblement que tu ne pouvais pas l'entendre, ça m'a assommé pendant un certain temps et tout est redevenu normal. Cela peut paraitre impossible mais je viens d'un pays où tout est possible...

- Lorsque Shaé s'est reprit, il est venu me prévenir de ta disparition. Poursuivit Elio, J'ai tout fait pour t'éviter de mourir, mais je n'aurais pas dû croire qu'il te laisserait si tu devenais sa femme. Il a beau être mon ami, je ne le reconnais plus, et je n'allai pas le laisser te tuer !

- Tu as sacrifié ton meilleur ami pour moi ! s'exclama Liraï.

- Non, s'enquit son père avec un air grave, mon ami est mort depuis longtemps, j'aurais dû m'en rendre compte, mais j'ai été faible.

Liraï serra Shaé si fort qu'elle eut peur de le briser, après tout, il n'était pas indemne de son passage vers la mort. Le cœur lavé de douleur, elle laissa sa peur s'écouler tandis que son père achevait son récit. Lorsqu'il eut terminé, elle se détacha de son ami et demanda à Elio :

- As-tu réellement tué ma mère ?

Il baissa honteusement les yeux, rouge de honte.

- Oui... Ce geste m'a détruit, je ne me suis pas rendu compte du danger, trop obnubilé par mon passé. J'ai été égoïste, je suis navré, mais je sais que tu m'en veux, je ne te le reproche pas.

- Tu as accepté ton passé pour me sauver, je t'en suis éternellement reconnaissante !

À ces mots, elle se jeta de nouveau au cou de son père, ils étaient réunis, elle, Elio et Shaé. Elle ne pouvait pas être plus heureuse.

Avant de rentrer au village, ils jetèrent le corps de Mecki à la rivière, Liraï crut apercevoir une larme au coin de l'œil de son père, mais elle ne dit rien.

La route du retour se fit dans les retrouvailles et la joie, même si parfois, un silence lourd de sens s'installait, vite brisé par les acclamations de soulagement et de vie.

Au village, la mort de Mecki ne fut pas honorée, on oublia son existence, sa maison fut démantelée et le corps de Havel reçut des funérailles dignes de ce nom.

Shaé, sa mission terminée, reprit route vers Yonliam, non sans avoir versé des larmes à son départ. La vie de Liraï et son père fut emplie d'amour et de joie, le passé était le passé.

Quant à la rivière, on continua de puiser dedans, mais l'accès à son lit fut interdit, même si parfois, un habitant disparaissait mystérieusement. Le village, tel un phœnix, renaquit de ses cendres.

Et les légendes courent toujours, sauf celle de la rivière carnivore devenue un fait, un moyen de prévenir les étrangers.

Si, un jour, vous voyagez dans un de ces villages reculés, perdus du monde et des cartes. Si vous êtes accueillis dans un de ces villages pleins d'histoires et de légendes, veillez à respecter les légendes. Prenez au sérieux les avertissements, car la magie est de ce monde, et si vous n'apprenez pas à l'éviter, elle pourrait bien vous trouver.

Et alors seul un voyageur perdu pourra vous sauver...

ETOILE
DU
SOIR

Comme chaque Noël, Lysa s'émerveillait devant les étoiles. Comme chaque Noël, elle contait ses rêves aux étoiles, dans l'espoir de les voir devenir réalité. Des étoiles dans les yeux, elle s'émerveillait devant cette nuit, la magie emplissait les maisons un soir comme celui-ci, réchauffant les cœurs et réunissant les familles devant les majestueux sapins.

Soir de gala, soir de vie, soir de magie.

Le monde se paraît de rouge, de vert et d'or, chantait la vie et la magie. Mais ce que Lysa préférait, c'était le ciel. Cette mer de verre bleu, cet océan d'astres, des diamants dans un voile de saphir. La beauté enchanteresse des astres ne cesserait jamais de l'émerveiller. Une étoile en particulier illuminant les cieux, sa nitescence d'or répandait un halo de magie, illuminait jusqu'à la Terre.

L'étoile du Berger

L'étoile du soir

La jeune fille, dans l'espoir de voir ses rêves réalisés, passait ses nuits à la fenêtre, fermait ses paupières et chuchotait son vœu le plus cher. Seul espoir parmi un monde impitoyable. Seul phare dans une brume de fragments de vie. Du haut de ses six ans, elle croyait aux miracles. Mais à l'orphelinat, les contes de fées se font rares. Les autres enfants se moquaient d'elle, la dérangeaient sans arrêt. Ils ne comprenaient pas qu'une enfant puisse encore rêver ainsi. Sans doute étaient-ils jaloux, jaloux de son oisiveté et de son insouciance. Ils prenaient un malin plaisir à la tourmenter, des insultes et des moqueries pleuvaient sur elle telle une douche froide.

- T'es encore avec ton étoile imaginaire ? disaient-ils

- Tu sais au moins que c'est faux tout ça ?

- Et qu'est-ce que tu lui demandes, au ciel ?

- Laissez tomber, elle est folle cette fille.

Elle ne répondait pas, elle se contentait de lever les yeux, dans toute sa pureté enfantine. La fille la plus rêveuse, la plus fantaisiste de l'orphelinat. Un cygne dans une mare de canards. Tous les soirs, elle se penchait par la fenêtre, le bois de sapin avait creusé un creux pour ses bras, elle aimait ressentir son contact dur et irrégulier. Elle laissait son esprit s'envoler, l'air caresser sa peau de neige et ses pensées se libérer. Son véritable moment de paix, son moment à elle. Elle relatait chaque soir les aventures de sa mère imaginaire, capable d'animer les bonhommes de pain d'épices et de commander la neige, elle pouvait faire jaillir des étincelles de ses mains et répandre la joie partout où elle passait. Lysa l'avait construite de toute pièce. Des cheveux noirs de geai, des yeux saphir et une peau plus scintillante que les étoiles. Elle aurait des fossettes et des doigts de fée, une imagination débordante et un courage sans faille. Dans la nuit se dessinait une femme aux pouvoirs merveilleux et au cœur d'or. L'étoile était son tableau, tous les soirs, un nouveau trait apparaissait, animé par les rêves et l'espoir.

Nuit de magie

Elle souhaitait plus que tout que cette mère prenne vie. Une mère avec qui rire et pleurer, une mère qui partagerait la lumière des fêtes de Noël, qui vivrait sa magie. Celle de ses rêves, qui l'accompagnait dans ses songes pour disparaître le jour levé. Une mère rien qu'à elle, mais toujours là et bien réelle. En ce soir de merveilles, son cœur battait plus fort, son rythme résonnait contre sa poitrine. Elle en avait la conviction, un jour, elle ne serait plus seule.

- Voilà, tu sais tout, ma belle étoile, chuchotait-elle une fois son récit achevé, s'il te plaît, donne-moi ma maman, rends la réelle, donne-moi ma maman à aimer. S'il te plaît.

S'il te plait

Tous les ans, personne ne venait, tous les ans, elle gardait espoir. L'espoir, cette lueur qui fait vivre tant qu'elle est allumée, restait alimentée, ravivée par l'insouciance et le rêve. La ville en bas lui tendait les bras. Jamais elle n'y était allée. Lysa s'arrangeait toujours pour échapper aux sorties. Un jour une maladie la frappait, l'autre elle demeurait introuvable, mais jamais elle n'avait quitté l'orphelinat. Et elle ne comptait pas le faire de sitôt. La nuit, elle voyait des maisons illuminées et de l'amour pur. Dans sa tête vibrait la magie de Noël et des rêves. Son ours en peluche pressé contre sa poitrine, ses cheveux de blé tombant en cascade sur son visage d'ange, la nuit s'écoula lentement. Mais à l'orphelinat, il ne serait pas comme dans les foyers chaleureux. Les jeunes enfants regardaient les familles se blottir au coin du feu, mais ne pouvaient qu'espérer être adoptés un jour. Malheureusement, aucun orphelin n'avait jamais été adopté dans cette ville. Car, qui pourrait s'intéresser à un enfant seul et triste, quand on peut avoir le sien ?

Donnez-moi une maman.

S'il vous plaît.

La nuit recouvrait de neige et de noir la ville paisiblement endormie. La fameuse nuit de Noël commençait.

Dans le ciel, l'étoile du soir continuait de briller, tel un amas de lucioles, elle montrait au monde entier ses rayons. On l'appelait l'étoile du soir, ou l'étoile du berger.

Tous les yeux pouvaient profiter de sa robe argentée qui voletait dans le ciel, mais personne ne put voir ça. Car la magie échappe à ceux qui n'y croient pas.

Donnez-moi une maman.

La voix de la jeune innocente résonna jusqu'au ciel. Le cœur noble, sincère d'une enfant insouciante. Tel un tintement de clochette, elle s'éleva et toucha les étoiles.

Nuit de magie

Dans le dortoir, près du lit où le corps frêle de Lysa s'élevait au rythme de sa respiration, une silhouette se dessina. Douce et rassérénante, pure et mystérieuse, la magie adopta un visage et des yeux. Une femme sublime en robe d'argent prit forme. Son visage fin rayonnait, elle flottait dans l'air, ses cheveux voletant et caressant son cou nu. D'un bras doré, elle effleura la joue de la jeune fille, un sourire compatissant aux lèvres. Une voix de femme s'éleva dans le dortoir.

- Tu es jeune et insouciante, mais tu es seule. Sois heureuse, car en cette nuit de Noël, tout le monde peut trouver le bonheur. Sois comblée, ma chère Lysa, et que tes nuits soient peuplées de rêve et d'amour. Mais pour atteindre ton vœu, tu dois prouver ta force. Trouver dans ce monde qui t'est inconnu l'endroit où se cache ton vœu. Trouve-le et il te trouvera.

À ses mots, elle posa sa main sur le cœur de la jeune fille et un éclair bleu en sortit. Soudain, la jeune fille fut secouée, des mains invisibles la saisissaient aux épaules.

- Lysa, lysa !

L'intéressée se réveilla en sursaut à l'appel de son prénom, elle s'extirpa difficilement de son rêve, comme tous les rêves, elle n'en garda aucun souvenir, seulement une vague impression de chaleur dans sa poitrine.

Des visages se penchaient sur elle, un sourire malsain aux lèvres.

- Quoi ? maugréa-t-elle

- C'est Noël aujourd'hui, voici ton cadeau !

Soudain, avant qu'elle ne puisse réagir, un seau d'eau tomba sur sa tête, la trempant jusqu'à l'os. Des ricanements fusèrent tandis qu'elle restait éberluée, au bord d'éclater en sanglots, frigorifiée.

- Joyeux Noël, la folle qui parle aux étoiles !

- Alors, on est triste, on veut voir sa môman ?

- Regardez, elle va chialer !

À nouveau, des moqueries la frappèrent, elle se sentit seule. Seule et ridicule, au milieu d'enfants moqueurs, elle sentait les larmes lui monter aux yeux. La solitude la piquait de plein fouet, son venin lui faisait monter les pleurs. Ses cheveux mouillés pendaient, misérables cordes rêches et humides. Les yeux embués, des convulsions lui soulevèrent la poitrine. Ses mains tremblantes, celles des autres enfants pointées sur elle,

elle croisa les bras sur sa poitrine et éclata en sanglots. Même à Noël elle ne pouvait être heureuse.

Seule

Sans amis

Sans mère

La fille qui parlait aux étoiles

La folle

L'éternelle rêveuse

Seule

Encore et toujours, cette ronde se répétait, elle n'avait pas le droit au bonheur pour une raison inconnue. La vie est injuste. Elle, petite enfant solitaire, ne faisant que rêver et n'attendant que l'amour, ne possédait rien. Les autres enfants avaient des amis, les rires éclataient, ils étaient ensemble. Mais elle n'avait que ses larmes pour pleurer, dans lesquelles se reflétaient des rêves vains et éphémères. Des rêves d'enfant, rien de plus. Des miroirs brisés. Ainsi que des paroles en l'air, adressées à une étoile qui ne les entendait pas.

Elle ferma les yeux.

Ne plus voir ce monde,

L'oublier,

Sombrer.

Soudain, un cri retentit.

Elle leva les yeux en sursautant, ce qu'elle vit l'interloqua. Un bonhomme de pain d'épices pas plus grand qu'une main frappait avec un sucre d'orge la tête d'un des enfants. Ce dernier hurlait, tentait de chasser le pain d'épices, mais en vain, le petit soldat tenait bon. Brusquement, toute une armée intervint de nulle part, des dizaines de bonhommes en pain d'épices, du glaçage en guise de visage et des sucres d'orge pour arme. Leurs petits membres s'agitaient. Les enfants, criaient de peur et de douleur, ce fut une vision à la fois amusante et effrayante. Après tout, ce n'était pas tous les jours qu'une armée de sucreries réglait leurs comptes à des tortionnaires ! Lysa, les yeux aussi ronds que des billes, figées sur place, observait cette curieuse bataille.

Bizarrement, ils ne firent aucun mal à Lysa. L'un d'eux se posta devant elle, et, sous son regard ébahi, la salua avant de repartir à la charge. Elle répondit d'un bref hochement de tête. Les yeux écarquillés et des milliers de questions à l'esprit, elle resta scotchée, devant ses tortionnaires torturés. Les enfants pleuraient, suppliaient, Lysa, le cœur serré par les cris, ne savait pas comment réagir.

D'où venaient ces pains d'épices ?

Pourquoi vivaient-ils ?

Pourquoi attaquaient-ils les autres orphelins ?

Était-ce pour la protéger ?

Cela ressemblait à... de la magie.

Tout le monde le répétait, la magie n'existe pas, les pains d'épices ne peuvent pas bouger. Alors pourquoi tout le monde en avait peur et pas elle ? Elle devrait avoir peur, elle le savait mais ce n'était pas le cas.

Pourquoi ?

Elle était bizarre, ne distinguait pas rêve et réalité, peut-être était-ce pour cela ? Parce que personne ne prenait la peine de lui expliquer ?

Elle ne savait rien du monde, et les autres, si.

Soudain, la porte s'ouvrit en un fracas, trois adultes entrèrent, alertés par les cris des résidents. Leurs visages défigurés par la peur. En voyant les bonhommes de pain d'épices, ils hurlèrent à leur tour. Crispés par l'effroi, ils chassèrent les pains d'épices à coup de balai, comme des bêtes répugnantes. Les petits soldats coururent à toute vitesse et disparurent dans la cuisine. Petite armée redoutable qui reviendrait plus forte, Lysa l'espérait. Les adultes les cherchèrent partout, des bombes d'insecticide à la main, ils rassurèrent les enfants et les soignèrent. Les orphelins avaient des yeux au beurre noir, des bosses et parfois même des plaies sur le visage, les larmes coulaient et chacun racontait sa version des faits. Au moins, ils étaient d'accord sur une chose, Lysa était la cause de tout cela. Lorsque la tension fut retombée et que le brouhaha fut apaisé, tous les yeux se posèrent sur Lysa, celle-ci tressaillit. Tout cela n'augurait rien de bon.

- D'où venaient ces... Jouets ? interrogèrent les adultes.

- Ça ne va pas d'attaquer tes camarades comme ça ?

- Excuse-toi !

- Mais, se défendit-elle, je n'ai rien fait !

- Ah oui ? s'exclamèrent-ils, tu es pourtant la seule qu'ils ont laissée tranquille ! Comment tu l'expliques ça, hein ?

- Je...

- Tu seras privée de repas ce midi et tu resteras dans ta chambre jusqu'à ce soir ! Et si tu t'avises encore de faire un sale coup comme ça, tu le regretteras, crois-moi !

- Mais...

- Nous ne savons pas ce que c'était, mais ce n'est surement pas de la magie ni de la sorcellerie !! Des automates, des jouets, des bêtes ou quoi que ce soit, si nous les retrouvons, ils passeront un sale quart d'heure ! Et toi aussi !

Lysa baissa les yeux, que pouvait-elle répondre ?

Elle ignorait d'où venait ces soldats de pain d'épices et ce qu'ils étaient, mais à quoi bon s'acharner à l'expliquer ?

Elle ne pouvait nier qu'il ne lui était rien arrivé, les soldats l'avaient même saluée !! Qu'avait-elle de plus pour avoir échappée à cette armée ?

Elle ignorait tout ça, mais ne pouvait échapper à la punition. En un soupir et sous le regard inquisiteur des enfants, elle se blottit dans son lit jusqu'à que tout le monde sorte de la chambre. Il était à peine neuf heures lorsqu'elle se recoucha. Elle reçut des coups de pied et les yeux pesèrent lourds. Des crachats fusèrent dans ses cheveux. Ils ne prirent même pas la peine de l'insulter. La tension devenait palpable, cette fois-ci, Lysa était véritablement seule, les rêves brisés et tout le monde ligué contre elle. Sous sa couverture chaude et les yeux fermés, elle se laissa transporter, seule et se calma.

Elle rit. A cœur joie, elle rit. En extase, hilare, elle n'en finissait plus de rire, les enfants avaient reçus ce qu'ils méritaient, et ce, par des sucreries ! Elle se fichait d'être privée de dîner, cela lui éviterait de finir la tête dans le plat ou de trébucher. En voulant la punir, ils lui avaient évité une soirée d'horreur de plus. Elle se releva brusquement de son lit, un grand sourire aux lèvres. Alors qu'elle s'apprêtait à bondir sur son lit pour exprimer sa joie, la porte s'ouvrit dans un grincement.

Lysa ressentit une pointe d'appréhension en voyant entrer Nadya, une des adultes qui s'occupaient des orphelins. Une femme mystérieuse. Un ange noir. Elle avait le regard doux et des cheveux gris coiffés en un chignon loupé. Ses yeux, emplis de bonté semblaient avoir vécu plusieurs vies. Tout le monde ignorait son âge, mais voyait en elle une grand-mère un peu gâteuse à la fois sévère et attentionnée. Lysa l'appréciait, mais ne lui avait jamais vraiment adressé la parole. Par politesse ou par timidité, elle l'ignorait. Nadya s'approcha de Lysa en boitant et s'assit sur le lit.

- Lysa, commença-t-elle de sa voix railleuse.

- Ce n'est pas moi, je n'y suis pour rien, je ne sais pas d'où viennent ces pains d'épices ! La coupa la jeune fille à la hâte.

Un petit rire s'échappa des lèvres de la vieille femme.

- Je n'allais pas dire ça, mais il faut avouer que ces petits soldats les ont bien amochés.

- Vous... Ne croyez pas que ce sont des jouets ?

- Pourquoi donc ? Je sens l'odeur du pain d'épices depuis l'étage du dessus. Ne crois-tu pas en la magie ?

- Je...

- N'aie pas peur, je ne vais pas te manger.

Il est vrai que Nadya avait l'air de tout sauf agressive, mais il faut toujours se méfier des apparences. Lysa avait terriblement besoin de quelqu'un à qui se confier, un pincement au cœur et les joues rouges de timidité, elle se lança. Pendant toute la soirée, elle confia à Nadya ses confidences à l'étoile du soir, elle lui décrivit sa mère rêvée, ses pouvoirs, son caractère, tout ce dont elle rêvait et la solitude qu'elle éprouvait. La vieille femme écouta tout sans l'interrompre, ses yeux gris rivés sur Lysa, elle décryptait avec un air des plus sérieux toutes ses confidences. Lorsque Lysa arriva à l'attaque des bonhommes de pain d'épices, Nadya l'interrompit enfin.

- N'as-tu pas fait le rapprochement entre ta mère et cette attaque ?

- Pardon ?

- Tu m'as dit que ta mère avait la capacité de donner vie aux bonhommes de pain d'épices, n'as-tu pas pensé à l'attaque d'aujourd'hui ?

- Mais ma mère n'existe que dans mes rêves !

- Oui, bien sûr, mais c'est Noël, tu connais la magie de Noël ?

- Je ne vois pas le rapport.

- Parce que tu ne connais pas assez Noël, ici, il n'y en a pas. Vas dehors, découvre les réponses et reconstitue ce puzzle.

- Dehors ? Mais je suis consignée !

- La fenêtre ne l'est pas, elle.

- Je dois... Fuguer ?

Lysa ne connaissait pas le monde extérieur, il paraissait dangereux et Nadya lui semblait de plus en plus étrange. Un pressentiment la saisit.

- Tout de suite les grands mots !!! s'exclama Nadya, je veux seulement que tu voies ce qu'il y a derrière l'orphelinat. Tu t'arranges toujours pour rester ici, tu te caches, tu es malade. Pas une fois, je ne t'ai vu passer la porte d'entrée.

- Je vois le monde de ma fenêtre…

- Mais ça ne suffit pas !! Tu sais bien qu'un jour, tu quitteras l'orphelinat, tu auras un travail, une maison, mais si tu ne sors pas maintenant, tu feras quoi ? Tu travailleras, puis tu rentreras chez toi seule avec des étoiles dans les yeux ? Tu peux aussi te faire des amis, avoir une vie sociale, mais si tu ne sors pas maintenant, tu ne reviendras jamais sur Terre, tu seras perchée ! Sors et apprends à vivre en société, laisse ton étoile pour les rêves, il y a plus important dans la vie ! Tu es jeune. Ne gâches pas cette chance.

Mais ses paroles étaient tout simplement absurdes, on ne prévoit pas l'avenir comme ça !!! Pourquoi Nadya tentait de la faire sortir, au point d'inventer des prétextes exagérés à ce point ? Que cachait cette mystérieuse grand-mère ? Lysa en était persuadée, elle lui cachait quelque chose.

- Nadya, pourquoi tu veux tant me faire sortir ?

- Je viens de te le dire.

- Non, ce que tu dis n'a aucun sens. Tu cherches un prétexte.

La vieille dame, le visage fermé, semblait chercher quelque chose à répondre, Lysa prit son courage en main.

- C'est en rapport avec les pains d'épices, ma mère et mon étoile n'est-ce pas ? Tu me caches quelque chose !

Un sourire malicieux déforma les lèvres de Nadya.

- Ma Chère Lysa, ce n'est qu'en sortant que tu pourras le découvrir !

- Donc j'ai raison ?

- Tu verras.

À ces mots, elle se dirigea vers la porte, son corps squelettique formant des bosses insolites sur son dos. Lysa crut l'entendre dire une dernière fois de sa voix de chouette.

- Tu verras.

Et disparaître dans le couloir, trou noir avalant ses espoirs.

Lysa, la curieuse discussion à laquelle elle venait de participer en tête, se laissa tomber sur le dos. Un soupir s'échappa de ses lèvres roses. Que faire ?

Pourquoi Nadya, voulait-elle si ardemment la voir sortir ?

Que cachait-elle ?

Une vague de question la submergea.

Que faire ?

Que faire ?

Que faire ?

Les pensées embrumées, elle s'accouda à la fenêtre. Le monde lui faisait peur, elle ne savait presque rien de lui. Pourtant, elle avait toujours voulu une mère pour vivre hors de l'orphelinat, vivre la joie et la magie de Noël. Mais seule, sans sa mère, sans personne pour la protéger et la rassurer, elle avait peur. Peur du monde extérieur et de ses dangers. Peur des maladies et des bêtes sauvages. Peur des hommes qui lui voudraient du mal. Peur de ses gens qui jugent et placent un mot sur les gens. Elle serait un animal blessé. Peur d'être rejetée, d'avoir froid et faim. Elle serait seule, sans maison, dans la rue la nuit. Son étoile l'accompagnerait, mais ne pourrait pas la protéger. Elle avait peur sans sa mère. Peur que ses rêves éclatent en morceaux. Comme un miroir usé et brisé. Elle s'appuya à sa fenêtre. Au loin, les nuages de neige s'élevaient dans un ciel blanc. Des flocons scintillants au soleil tombèrent du ciel, recouvrant la ville d'un drap immaculé, un voile de cristal, la Terre se mariait au ciel dans un ballet aussi froid que majestueux. Les lumières colorées de la ville se reflétaient dans les fleurs de neige. Un champ de fleurs blanches. Eternel élément déversant sa magie. Des étoiles gelées tombant du ciel.

Nuit de magie, prends-moi dans tes bras et montre-moi.

Vent d'hiver, confie-moi ta voix et ton cœur.

Je serai là pour l'écouter

Même avec la fenêtre fermée, elle pouvait sentir les odeurs de cannelle et de sucre. Mais elle souhaitait voir ce monde de loin, ne pas l'affronter seule. Elle savait qu'un jour, elle devrait partir, trouver un travail et s'intégrer. Elle ne voulait pas sortir, pas seule. La voix de Nadya résonna dans son esprit.

Tu verras.

Pourquoi aujourd'hui ? Pourquoi ce comportement ? Nadya ne ferait pas ça au hasard. Là-bas, hors de l'endroit où elle avait grandi, attendait quelque chose ou quelqu'un en rapport avec elle, sa mère, son étoile.

Quelque chose lui échappait, un détail crucial, mais impossible de s'en souvenir.

Elle en avait la conviction, une étincelle qui attendait d'être ravivée.

Dehors, l'étoile semblait l'encourager. La flamme s'alluma dans le cœur de Lysa. Une détermination nouvelle l'anima.

Sors et tu verras.

Donne-moi ma mère.

Sors.

S'il te plaît, donne-moi une maman à aimer.

Sans savoir pourquoi, elle fut animée d'une force nouvelle.

Nadya l'avait convaincue. Elle partirait aujourd'hui.

À la fenêtre, la ville l'appelait. Quelque chose l'attendait, et elle serait là pour le trouver. Quoi que cela puisse être.

À la fenêtre, la ville l'appelait. Quelque chose l'attendait, et elle serait là pour le trouver. Quoi que cela puisse être. Elle irait le retrouver.

Avec les couvertures, Lysa noua une corde, elle l'attacha à une latte qu'elle cala derrière la fenêtre avant de se hisser par la fenêtre et de fuguer. Du moins, de partir. L'oiseau quitte son nid, il était temps qu'elle s'envole à son tour. Le cocon douillet de l'orphelinat laissait place au vaste monde. Mais sa descente eut vite fait de dégénérer. Ses mains tremblaient et glissaient de transpiration, le vent lui fouettait le visage. Contre la brique froide du bâtiment, elle se balançait au bout de sa corde de fortune, espérant ne pas tomber. Le sol se rapprochait, la neige battait contre son crâne. La panique la submergea, vague révélatrice, elle déciderait de son sort. Le stress l'emprisonna, manqua de la faire lâcher prise à plusieurs reprises. Les dents serrées, le souffle court, tremblante comme une feuille, elle se balançait dans une pendule de mort au rythme du vent. Horloge mortelle dans un jeu d'équilibre.

4 mètres

3 mètres

Ne pas tomber

2 mètres

Les tissus glissaient, commençaient à se déchirer.

1 mètre.

Enfin, elle posa les pieds sur terre. Lysa laissa échapper un soupir de soulagement, l'adrénaline avait vibré, mais elle s'en était sorti. Le monde lui appartenait, elle ne se retourna pas. Après quelques profondes inspirations, son cœur ralentit, le nœud se desserra. Libérant sa vie et son courage, libérant son esprit de cette peur écrasante. Lui restait l'appréhension. Elle reprit sa route vers la ville, le cœur serré.

La ville se dressait comme une forêt de bâtisses de briques. L'odeur de sucre flottait dans l'air et des rires jaillissaient. À l'intérieur, les fenêtres de verre liquide laissaient apparaître des silhouettes d'enfants dansants. Peu de voitures arpentaient la route, les gens restaient chez eux avec leur famille, profitant des bonheurs de fête.

Des vitrines colorées défilèrent devant elle, se présentaient des objets et des jouets insolites sous les lumières colorées. Le ciel coulait sur les pavés, baignait la ville de son humidité. La neige recouvrait d'une couverture de cristal la ville en éveil. Des guirlandes de Noël pendaient entre les bâtiments. Lysa déambulait sur le trottoir, la neige lui caressant les cheveux. Des étoiles dans les prunelles, un sourire admiratif sur ses lèvres, elle s'émerveillait de la magie de ces rues. Le monde lui parut bien différent que celui de sa fenêtre, il était plus vaste, plus complexe, plus enchanteur. Elle avait l'impression d'avoir des milliers de choses à découvrir, sa peur s'était atténuée. Mais elle n'était pas sortie pour rien. Elle devait trouver la raison pour laquelle Nadya avait tant insisté.

Mais par où commencer ?

Où aller ?

Que faire ?

Comment se repérer ?

Comment rentrer ?

Que chercher ?

Elle était sortie sans même prendre la peine de savoir quoi faire. Les larmes recommencèrent à monter, ses yeux se fermèrent. À quoi bon sortir si c'est pour être seule ? Son enthousiasme tomba de haut, elle se sentait à nouveau perdue, séparée de sa vie, amputée d'un membre. Sa peur la renferma dans sa cage mortelle, le monde lui parut soudain moins brillant, moins beau, elle ne s'y sentait pas à sa place.

Les mains dans les poches de son manteau rouge miteux, elle traînait dans les rues, sans même savoir où elle allait. Les pensées envahissaient son esprit. Soudain, une voiture passa à une allure fulgurante près du trottoir et Lysa sursauta brutalement. Une autre la suivit, envoyant une gerbe d'éclaboussures à la jeune fille. Son cœur fit un bond, tout s'entremêla. Brusquement, elle trébucha sur du verglas et malgré ses tentatives de se rattraper, elle bascula au milieu de la chaussée, terrifiée. Les monstres d'acier laissaient échapper des hurlements.

La jeune fille, paniquée, tenta de se relever, des voitures arrivaient au loin, klaxonnaient sur elle. Le bruit lui perça les tympans. La vitesse la dépassait, elle ne suivait plus les voitures des yeux. La neige lui fouettait le visage. La vue brouillée par les larmes et le froid, elle tituba sur la route. Des véhicules la frôlèrent, impossible de savoir où aller, tout se mélangeait. Le monde tournait autour d'elle, à toute vitesse et de plus en plus vite.

Stop !

Elle laissa échapper un cri. Le cri perçant d'une enfant perdue. Elle plaqua ses mains contre ses oreilles pour couvrir son propre cri, celui des voitures et des piétons. *Laissez-moi !!* Les passants criaient, l'appelaient, on sentait leur peur dans les voix tremblantes. Ses sens s'entrechoquèrent, la glace se brisa. Son cœur battait à tout rompre, une douleur lui tiraillait les entrailles. Brûlant ses forces, la consumant peu à peu, une fatigue la saisit, un besoin insatiable de dormir, de tout faire disparaitre. D'un claquement de doigt, elle le voulait, le devait, tout perdait son sens.

Stop !

Les larmes affluaient et débordaient, elle se laissa tomber. Une foule l'entoura, l'emprisonna avec ses yeux braqués sur elle.

Laissez-moi !

Elle pleura, se laissa emporter.

Laissez-moi.

Le monde ralentit, se referma lentement, et avec lui les paupières de Lysa. Tout revint à l'obscurité.

Stop...

Rien que le silence, l'obscurité et le vide l'entouraient. Elle se sentait en paix. Enfin un monde sans cauchemar, sans peur, sans monstres de fer. Rien, c'était le mot parfait.

Rien

Rien qu'un vide hypnotique, séduisant.

Rien qu'une paix dans un monde dépourvu de tout.

Rien

Soudain, l'obscurité se déchira telle une feuille de papier. Une étoile se dessina dans un craquement coupé par l'acoustique. Des mains sortirent du mur de nuit et saisirent ses bras et ses pieds, entraves, menottes lui coupant le sang. L'appréhension lui grignota la chair, la rongea de l'intérieur comme un parasite. Mais elle ne pouvait pas crier, ni même ouvrir sa bouche, un fil invisible liait ses lèvres, nouait sa chair. Le visage de Nadya se dessina dans le noir, ses yeux perçants de hibou la fixaient et sa bouche formait un rictus aux dents pointues...

- Alors, tu l'as trouvé ? brailla-t-elle, Lysa ne put répondre, grignotée par la peur.

Elle se débattit, tenta d'arracher les mains, de simples couinements misérables s'échappaient de sa gorge. Ses yeux, également, refusaient de se fermer. Les mains ne bougèrent pas d'un centimètre.

- Tu l'as trouvé ?? répéta la vieille, encore et encore en boucle, des images de voitures et de foule tourbillonnaient dans ses yeux. Sa voix formait des serpents qui se faufilèrent dans les oreilles de Lysa, mais impossible de bouger. Soudain, Nadya ouvrit une bouche béante. Celle-ci s'allongea, s'allongea comme celle d'un spectre jusqu'à atteindre la taille de Lysa.

- Tu ne l'as pas trouvé ? prononça Nadya sans remuer les lèvres, alors tu ne sers à rien !!

À ces mots, elle engloutit Lysa dans sa bouche gigantesque.

La jeune fille se réveilla en sursaut. Ses yeux s'ouvrirent sur une pièce éclairée et parfaitement réelle. Elle rasa du regard la salle, son cœur restait accroché dans sa poitrine. Des gouttes de sueur, perlaient sur son front. Les yeux ronds, elle détermina l'endroit où elle se tenait. Une couverture rose lui pendait aux épaules. Un matelas moelleux la retenait. Sa tête, quant à elle, reposait sur un coussin violet. Elle ne trouva aucune trace de Nadya, de mains ou même de voitures. La vue d'un endroit intérieur et chaleureux la rendait plus confiante, plus familiarisée, chassait ses démons, la relevait.

Avait-elle rêvé de sa chute ?

Au coin de la salle trônait un sapin verdoyant, recouvert de guirlandes luisantes, il se tenait droit comme un roi et rayonnait dans toute la maison. Apportant un esprit festif. Lysa se trouvait dans un salon de petite taille, une table en bois laissait reposer des couverts et un feu brûlait devant un canapé, les flammes tournoyaient dans leurs robes d'enfer, des danseuses avides de puissance dans leur danse macabre mais magistrale. Les murs beiges s'écaillaient par plaques jaunâtres.

Une odeur de chocolat voletait dans l'air, réconfort flottant agitant ses ailes parfumées pour éclairer les visages.

Une femme entra dans la salle avec une démarche dansante, elle sifflotait un air de Noël, cet air qui réunit les ennemis et fait battre des armées en retraite. Lorsqu'elle aperçut Lysa, elle poussa une exclamation de surprise et se précipita à son chevet, prenant sa main dans une douceur inégalée. Des cheveux bruns bouclés tombaient jusqu'à ses épaules et des yeux marron en amande sublimaient son regard. Sa peau de cuivre rayonnait à la lueur des flammes et un sourire maternel se peignait sur ses lèvres pulpeuses. Elle avait l'air d'avoir 20 ans.

- Bonjour ! déclara-t-elle d'une voix douce, je m'appelle Akhela, et toi ?

- Je... M'appelle Lysa, celle-ci, les images de son horrible rêve gravé dans sa tête, tentait de reconstruire le vrai de faux.

- Heureuse de te rencontrer !

- C'est quoi cet endroit ?

- Tu as eu un... accident, poursuivit Akhela en passant sa main dans les cheveux dorés de Lysa. On a préféré t'emmener ici avant d'appeler les urgences. On a dit que tu étais notre fille pour éviter les soupçons. Ici, c'est chez nous. Mon mari est parti travailler, moi, je suis vétérinaire, mais c'est mon jour de congé. Lui, il travaille dans les magasins.

- Quoi ? Elle ne comprenait plus rien, qu'est-ce que les magasins venaient faire là-dedans ?

- Désolée, c'est encore un peu confus tout ça pour toi. Tu as trébuché sur la route et tu as fait une crise d'angoisse, du moins, ça y ressemblait. Avec de tels malaises et tout ça, tu aurais pu mourir !

Elle ne répondit pas, sa tête la démangeait. Elle se releva tant bien que mal et offrit un embryon de sourire à Akhela. Celle-ci prit un air espiègle et lui demanda :

- Qui sont tes parents ? Ils doivent s'inquiéter, non ? Tu étais toute seule alors on ne voulait pas te laisser, mais il ne faudrait pas qu'ils nous accusent.

- Je suis orpheline...

- Quoi ? Oh, ma pauvre, je suis sincèrement désolée...

- Ce n'est rien...

- Je vais appeler l'orphelinat.

- NON !! Surtout pas !! Si l'orphelinat la ramenait, elle ne pourrait plus partir. Akhela eut l'air intrigué.

- Et pourquoi ? interrogea-t-elle.

- Je dois trouver quelque chose, annonça machinalement Lysa en fixant le sol. C'est très important.

- Ah oui ? Et quoi donc.

Lysa releva la tête, sa lèvre tremblait et des larmes recommençaient à couler.

- Je ne sais pas ! J'ai perdu mon refuge et mon étoile !

- Ton étoile ?? Akhela plissa les yeux.

- L'étoile du soir.

- Ah !! Tu veux parler de l'étoile du Berger ? On dit qu'elle a guidé des voyageurs dans le désert, est-ce qu'elle te guidait toi aussi ?

- Pardon ?

Akhela ne paraissait pas du tout surprise, elle avait annoncé cela comme une nouvelle banale. Ses yeux pétillaient de vie, mais le plus réjouissant chez elle, c'était son âme d'enfant. Elle mena Lysa jusqu'à son canapé et fixa les flammes dansantes. Lysa, hypnotisée par ses danseuses flamboyantes, se laissa transporter par le récit d'Akhela. Celle-ci, la mine grave et les yeux mi-clos, s'assit à côté d'elle.

- On raconte souvent ce genre d'histoire, s'expliqua-t-elle, personne n'y croit, mais moi si. Je suis persuadée que la magie existe, que les étoiles nous guident et que Noël est un jour empli de cette magie. Je suis née en Egypte, un pays de légendes, mais très dangereux. Mes parents m'ont sauvée d'une tempête de sable. J'avais 5 ans ce jour-là. Lorsque je me suis réveillée, j'étais seule. Alors j'ai suivi l'étoile du Berger et elle m'a amenée ici. Tu veux savoir le plus étrange ? Eh bien, une autre tempête de sable se préparait, et alors que j'allais l'affronter, elle s'est ouverte et m'a laissée passer. C'était le jour de Noël ici. Alors depuis je crois en la magie. Ça peut paraître fou et insensé, mais je sais ce que j'ai vu. Personne n'y croira jamais.

Sa voix se brisa à la fin de son récit, elle s'essuya les yeux d'un revers de la main. Pleurant en silence, elle affrontait ses démons avec une assurance remarquable. Lysa ressentit comme un poignard au cœur, une tristesse aspirant ses pensées dans un gouffre sans fond. Voir une femme pleurer comme ça la brisait. Mais elle se réjouissait que quelqu'un ait eu une étoile également. Une étoile qui l'avait guidée jusqu'ici. Comme elle, elle avait raconté des histoires à l'étoile du soir. Akhela passa une nouvelle fois sa main sur son visage et se tourna vers Lysa, ses yeux rougis et gonflés. Malgré cela, elle souriait sincèrement, malgré les épreuves, elle se relevait.

- Moi, je te crois, murmura Lysa d'une voix hésitante.

- Peut-être... Que tu dois suivre l'étoile toi aussi ? Jamais Lysa n'avait entendu une question aussi étrange.

- Mais il fait jour !!

- Ah...

Akhela posa une main sur la joue de Lysa et lui adressa un embryon de sourire.

- Tu sais.... Très peu de personnes croient en la magie. C'est un don rare et inné. Continue de croire et d'espérer. Crois-moi, ça te sauvera la vie plus d'une fois. Si tu veux, je n'appellerai pas l'orphelinat, mais promets-moi d'y retourner avant la nuit !!

- C'est promis...

Lysa lui en serait éternellement reconnaissante. Elle avait beau ne pas connaître les gens, Akhela lui semblait différente, plus tolérante, plus éveillée. Mais Lysa ne connaissait qu'elle et ne pouvait en être certaine, mais au fond, elle se doutait que n'importe qui d'autre aurait appelé. Elle ne savait pas quoi rajouter, si ce n'est un « merci » à mi-voix. Soudain, une drôle d'odeur emplit la pièce, un mélange de sucre, de sel et de fumée, ce qui arracha un haut-le-cœur à Lysa accompagné d'une grimace écœurée.

- Oh mon dieu !! Hurla Akhela en bondissant du canapé, j'ai oublié le repas !!! Oh la la !! Il n'y a que moi pour ce genre de bêtise !

À ces mots, elle se précipita vers la cuisine, laissant Lysa seule devant le ballet de flammes. Soudain, Akhela toussa et une fumée noire émana de la cuisine, suivie d'une série d'injures que Lysa préférait ne pas écouter. Quelques minutes après, l'égyptienne refit surface, un sourire triomphant placardé sur son visage recouvert de poudre noire.

- Ah ah !! Victoire !! J'ai seulement fait brûler le gâteau, le reste va bien !!!! C'est super !!

- Euh...

- Oh, désolée, je t'ai laissée sur le fait, ne t'inquiète pas j'arrive !! Il faut que j'achète un autre gâteau ! Tu veux m'accompagner ?

- Euh... Oui, je trouverai peut-être où aller.

- Yihaaaaaa !!! C'est super !! Je vais te donner un manteau, il t'ira à merveille !!

En un battement de cils, Lysa se retrouvait flanquée d'un manteau en laine bleue, la manche droite plus grande que la gauche. De plus, des dizaines d'erreurs de tricot et de trous décoraient le manteau. Comme si le manque de rigueur ne suffisait pas.

Le ridicule ne tue pas

Non, mais il est ridicule.

Akhela l'observait comme un coach ou un mannequin, se tenant le menton tel une professionnelle avec un regard critique.

- C'est super !! s'exclama-t-elle soudain, je suis vraiment douée !!

- Euh si... si tu le dis. Mais j'ai ma veste ! Lysa était persuadée que le monde entier la regardait en riant.

- Quoi ? Ce machin tout troué ? la coupa Akhela, pas question !! Et puis, considère que c'est un cadeau de Noël !!

Un cadeau de Noël ??

Lysa ne répondit pas, une brume lui envahit l'esprit. C'était son tout premier cadeau de Noël, depuis six ans, le seul qu'on ne lui ait jamais fait. Cette fois-ci, des larmes de joie veinèrent ses joues. Une gratitude sans faille la prit.

- Tu pleures ? s'exclama Akhela, c'est si horrible que ça ?

Elle faisait une moue vexée. Lysa, une étincelle dans le cœur, se précipita dans les bras de sa seule amie depuis toujours.

- Il est parfait, murmura-t-elle, merci...

Des bras chauds entourèrent sa taille, une étreinte d'amitié sincère enveloppa Lysa. Pour la première fois, elle se sentait réellement aimée, pour la première fois, ses larmes ne furent pas de chagrin mais de joie. Le monde lui souriait. Une chaleur rassérénant parcourut son corps. Des milliers de lueurs emplirent son esprit. Le cœur plus léger que les ailes d'un papillon, elle se laissa emporter par cet instant unique. Personne ne pourrait le lui prendre. Les secondes devinrent des minutes, mais il lui sembla qu'un instant trop court venait de se produire lorsque les deux filles se séparèrent.

- Où va-t-on ? demanda Lysa comme à une mère.

Non

Akhela était une amie

Elle n'avait qu'une seule mère.

A cette pensée, Lysa leva la tête, les cristaux de neige de pleuvaient plus, un ciel blanc comme neige dominait le monde. Le froid était atténué par le manteau d'Akhela, finalement, Lysa le chérissait comme un objet unique. D'ailleurs, il était réellement unique.

- Au marché de Noël, répondit Akhela, tu y es déjà allée ?

- Non…

Tout ce qu'elle savait des marchés de Noël, c'est qu'ils avaient lieu à Noël, et que l'on y vend des choses.

- Vraiment ? Tu verras, c'est super !

Elles marchèrent ainsi, main dans la main, une jeune femme et une petite fille. Le marché était bel et bien un marché. De Noël qui plus est. Mais il signifiait beaucoup plus que cela. Sur des mètres s'étalaient des étalages garnis de friandises et d'objets de Noël. Chacun ouvrait la porte sur un monde de magie. Des choux, des sucres d'orge, du pain d'épice, des santons, des bonnets de Noël et des milliers d'autres choses. Le neige se déposait sur les toits des petites maisons rouges, à l'intérieur, des artisans présentaient leurs créations, leurs trésors. Le monde se pressait devant les fenêtres des maisons. Une musique festive résonnait à travers le marché. Tel un tintement de clochettes qui annonçait la joie et le bonheur et vibrait entre les passants. Les enfants couraient dans tous les sens, se lançaient gaiement de la neige et dégustaient des sucreries. La magie de Noël se concentrait ici, dans ce lieu rouge vert et blanc, dans ce lieu sucré et chaud, à l'abri des mauvaises ondes et du froid. Baigné par l'ambiance de fête et la musique de Noël. Où chacun trouvait son bonheur, où tout était permis. Les lumières des guirlandes clignotantes coloraient l'atmosphère, on pouvait presque les voir danser, faire la fête et goûter à l'odeur alléchante du pain d'épices. Lysa avait envie de tout voir, de tout acheter, ses yeux s'émerveillaient de ce lieu enchanteur. Ses yeux allaient et venaient parmi les étalages, des paillettes colorées emplirent sa vue.

Là, un mini père Noël !

Des bonhommes de pain d'épices !!

Des chouchous !

De la barbe à papa !!

Un sapin de Noël !!

Un gâteau au chocolat !

Tant de choses qui l'émerveillaient !! Tant de choses qui lui faisaient aimer ce monde !! Elle n'en avait plus peur, elle voulait tout savoir de lui, parcourir la Terre entière pour percer ses mystères !

Tu verras.

Elle devait trouver quelque chose, c'était là sa priorité.

Mais elle ne savait toujours pas quoi…

- Eh, regarde il est pas mal ce gâteau ! s'exclama Akhela, et si on prenait celui-ci ?

Lysa ne répondit pas, trop hypnotisée pas les lumières folles du marché.

- Lysa ??

- Oui !!

- Quelque chose te tracasse ?

- Au contraire, je suis vraiment très heureuse !! Mais je me demande comment je vais trouver ce que je cherche.

- Suis ton instinct, répliqua l'égyptienne avec un air mystérieux, suis ton étoile.

- Mais il fait...

- Elle n'a pas besoin d'être là, elle te guide toujours, écoute-là !

Lysa ne savait plus quoi faire, elle se sentait attirée par cet endroit, par ces lumières et cette vie, quelque chose serait décisives pour sa quête. Mais elle ne voulait pas quitter Akhela. Cette dernière était-elle télépathe ? Car comme si elle avait lu dans ses pensées, elle se pencha et ébouriffa ses cheveux avec un sourire triste.

- Ma chérie, tu ne me quittes pas vraiment, nous nous reverrons. Je ne sais pas ce que tu cherches mais si tu sens que c'est important, trouves-le. Ecoute ton cœur et tu sauras comment faire. La magie de Noël n'est pas éternelle.

Lysa, une goutte de tristesse au bord de ses yeux, secoua doucement la tête. Tel un oiseau tombé du nid, elle se laissa tomber, seule.

- Tu vas me manquer, Akhela, murmura-t-elle.

- A moi aussi tu vas me manquer, et beaucoup. Maintenant vas.

Après un dernier signe d'amitié, les deux amies se séparèrent. Avec cette rupture un creux, un vide amer fissura son cœur, elle était à nouveau seule, à courir après quelque chose dont elle ignorait la nature même.

Je la reverrai.

Ecoute ton cœur

Vas

Lysa voulut être forte comme son amie, mais elle n'avait que six ans, ses larmes ne demandaient pas la permission pour sortir.

Le marché de Noël était à elle, elle y percerait des mystères.

Alors qu'elle déambulait comme une enfant à la fois triste et enchantée, elle ne trouva rien, rien qui ne pourrait la mener vers quoi que ce soit.

Est-ce qu'Akhela avait raison ?

Est-ce qu'écouter son instinct suffirait ?

Il fallait admettre que l'égyptienne paraissait un peu illuminée. Mais Lysa parlait avec une étoile dans l'espoir que sa mère vienne à son chevet.

Quelle différence ?

Malgré cela, ses recherches étaient au point mort. Plus mort que mort, même. Elle fredonnait la mélodie de « Vive le vent » dont les notes flottaient joyeusement à travers les étalages.

Rien, rien

Toujours et toujours rien.

Elle tournait en rond.

Pourtant, un nœud serrait ses entrailles, sans qu'elle ne puisse expliquer pourquoi. Pourtant, plus elle avançait, plus se nœud se serrait. Son ventre criait famine. Il devait déjà être midi, et toujours rien.

Laisse-toi guider.

L'étoile est toujours avec toi.

Mais où ? Elle n'entendait rien, ne voyait rien, seul ce nœud lui piquait la gorge et le cœur. Une araignée avait tissé sa toile et la resserrait, de plus en plus fort, instillant la douleur. Après un soupir de désespoir, elle poursuivit sa course. Akhela lui manquait déjà. Cela faisait à peine quelques minutes qu'elles s'étaient quittées et Lysa ressentait à nouveau le besoin de se blottir dans ses bras. Ses yeux se perdirent dans la neige. Les ombres défilaient sur le sable blanc. Elle sombra à nouveau dans ses pensées. Soudain, une voix déchira sa torpeur.

- Votre avenir est ici et maintenant ! Je vous donne votre avenir pour cinq euros seulement ! Approchez, mesdames et messieurs !

Un homme scandait parmi la foule qu'il pouvait voir l'avenir. Connaissait-il la magie ? Svelte et brun, il ressemblait à une fouine qui aurait pris l'apparence d'un homme. Lysa laissa échapper un petit rire ironique avant de se diriger vers son étalage. Enfin quelqu'un pourrait l'aider !! Elle laissa éclater sa joie et sautilla gaiement.

- Bonjour monsieur ! salua-t-elle, pouvez-vous lire mon avenir ?

L'homme la scruta d'un drôle d'air, comme s'il n'était pas face à une petite fille mais à une extra-terrestre. Sa mine figée en une grimace indéchiffrable se mua soudain un sourire éclatant.

- Bonjour, ma petite ! cria-t-il à un public invisible en adoptant une posture théâtrale, je peux bien sûr te lire ton avenir, je peux tout faire !

- Euh... Merci.

Quel homme étrangement excentrique, avec ses gestes extravagants et son chapeau de forme, il avait l'air parfaitement ridicule ! Mais s'il pouvait l'aider, elle le suivrait les yeux fermés. Il l'invita à venir dans sa petite maison rouge avec une révérence exagérée. A l'intérieur se tenait une table de bois, dessus s'exposaient une boule en verre limpide et un jeu de carte. Des tableaux de photos pendaient aux murs tels des photographies vintages. Rien d'autre ne se présentait dans cet espace étroit. Hésitante, Lysa s'assit sur la chaise en face de la boule de verre, un goût amer dans la gorge. L'homme s'assit en face d'elle et lui afficha un rictus, qui avait quelque chose de malsain, une ombre presque indétectable, qui imposait le respect mais aussi la méfiance.

- Alors, ma petite, as-tu de l'argent ?

- Euh... Non, pourquoi ?

Son rictus changea subitement, il la regarda avec des yeux méprisants, ses joues virèrent au pourpre.

- Désolé, mais je ne consulte pas si vous ne me payez pas, affirma-t-il hautainement, sa voix bien que maîtrisée avait une pointe de colère prête à exploser.

Il se leva brusquement, une grimace de dégout au visage, comme si la jeune fille était soudainement devenue repoussante. Ses lèvres pincées et ses yeux plissés le montraient bien.

- Merci de partir, je ne vous accepte pas ici !

- Mais je...

- J'ai dit !!!

Lysa jeta un coup d'œil vif aux photos sur le mur, la plupart exprimaient de la joie, excepté une femme, qui affichait un air très mauvais et froid, d'une glace rancunière.

- Que fais-tu ? Je t'ai dit de partir !! cracha l'homme de nouveau, encore plus irrité.

- Je regardais les photos, pourquoi cette femme a-t-elle l'air méchante ?

Il regarda le mur, ses yeux rougis par la colère.

- Ah, elle ? C'est Abi, une folle et une traitresse ne t'approche jamais d'elle, elle vit dans...

Il se figea soudain, dans ses yeux brillait cette lueur de satisfaction et d'idées. Réfléchit un instant et reprit son air théâtral et triomphant. Ouvrant ses bras à Lysa, il s'exclama :

- Tout compte fait, je veux bien lire ton avenir, argent ou pas...

Dans son regard se lisait une noirceur profonde, mais Lysa ne l'aperçut pas.

- Va dans la forêt noire, elle est à côté de la ville. Dans cette forêt vit une femme aigrie et seule, c'est Abi. Elle, elle pourra t'aider. Mais fait attention ! La forêt est dangereuse on dit qu'elle est hantée.

- Vous avez dit qu'Abi est folle et qu'il ne faut pas s'approcher d'elle !

- Oublie ça, elle se fera une joie de t'accueillir. répondit-il l'air mauvais. Suis-moi maintenant.

Lysa se laissa mener jusqu'à la sortie du village, là, il l'abandonna à son sort. Alors qu'il s'éloignait à grandes enjambées, Lysa crut l'entendre susurrer.

- Maudite gamine... Humilié... Abi... bien fait pour toi...

Il ressemblait à un méchant de film, vicieux, fourbe, un air de fouine et d'une excentricité aberrante. Mais Lysa ne s'y connaissait pas en film.

Un poids lui minait la cage thoracique, creusant un fossé rongeur. Elle se figea, effrayée par le sinistre lieu devant lequel elle se tenait. Il s'agissait bien d'une forêt, mais elle semblait morte, dépourvue d'âme. Les arbres, immenses colonnes calcinées aux doigts griffus, scrutaient de haut la petite fille. Un souffle emplit de voix du passé s'insinuait dans ses oreilles, du froid se dégageaient des sillons de neige serpentant entre les arbres. Pas un animal, pas un buisson, seuls les arbres morts et brulés régnaient sur la forêt. La forêt noire, un nom glaçant et cohérent. Un frisson lui parcourut le corps, elle ne paraissait pas être la bienvenue. Une intruse, vite éliminée. Un parasite tenant à peine debout dans la neige.

On dit que cette forêt est hantée.

Va voir Abi.

Hantée.

Dangereuse.

Devait-elle s'aventurer dans cet environnement hostile ? Risquer de mourir de froid, ou même dévorée par les arbres ? Leur écorce de cendre formait des bouches béantes, des yeux la suivait du regard. Un nœud lui pressait l'estomac. Après une profonde inspiration, elle fit le premier pas vers la forêt noire. L'appréhension la submergeait, chaque bruit, chaque craquement la faisait sursauter.

Suis ton cœur

Elle n'était qu'un petit oiseau blessé, tombé du nid. Prête à se faire déchiqueter par les prédateurs. Elle tremblait de tout son corps, ses yeux allaient et venaient parmi les arbres. Persuadée que quelqu'un ou quelque chose l'observait, elle accéléra le pas. De plus en plus rapidement, hâtive de trouver la maison d'Abi.

Si cette femme existait encore. Soudain, un bruissement résonna à travers les arbres, puis un autre, et encore un. Il y en avait partout, le bruit tournait autour de Lysa, se rapprochait, se rapprochait beaucoup trop.

C'est le vent, c'est le vent.

Mais le vent ne tourne pas ainsi. Les écorces craquèrent. Paniquée, la jeune fille fit volte-face, tentait de suivre le mouvement de bruissement.

Cette forêt est hantée. La chose se rapprochait. Alors que la peur la submergea, un seul mot lui vint à l'esprit.

Cours.

Aussi vite que tu peux.

Cours

Malgré la faiblesse de ses jambes gelées, elle obéit à son instinct, et courut. Sa respiration faiblissait ses pieds menaçaient de la lâcher, mais elle continua. Elle n'osait pas tourner la tête, trop effrayée par ce qu'elle pourrait y trouver. Elle entendait des pas dans la neige derrière elle, accompagnés de grognements sinistres. Elle ignorait si elle voulait savoir ce dont il s'agissait. Une chose était sûre cependant, quelque chose la poursuivait. Des larmes le long de ses joues froides, elle traversait la forêt, ignorant vers où elle se dirigeait. Elle repensait au marché de Noël, à la ville, en une fraction de seconde, elle était passée de l'univers merveilleux des fêtes de Noël à une forêt qui souhaitait ardemment la dévorer.

Tout ça parce qu'elle avait cru cet homme. Pourquoi n'était-elle pas restée avec Akhela ?

Pourquoi avait-elle écouté Nadya ?

Toutes ces rencontres, tous ces lieux. Elle n'était pas prête à les affronter.

Cours

Soudain, quelque chose agrippa le manteau de laine. Lysa refusait de s'arrêter, si elle faiblissait, elle mourrait. Un cri s'arracha de sa gorge, brisée par l'effroi, sa voix traça un sillage de mort, seule âme vivante et innocente de cette forêt. Le manteau se déchira, détruisant du même coup l'insouciance de la jeune fille. Des années hors du vrai monde, sa vie avait été bercée de rêves et d'étoiles. Elle ne s'était pas préparée à l'atrocité de l'extérieur. Mais quelque chose l'attendait, et quoi que ce soit, elle savait qu'elle devait à tout prix le trouver. Alors qu'elle continuait sa course effrénée entre les monstres d'écorce, une maison en bois apparut devant elle. Lysa n'hésita pas et se précipita vers elle. La porte étant fermée, elle tambourina dessus, hurlant et implorant la pitié.

- Ouvrez-moi !! Je vous en prie, ouvrez-moi !!

Rien...

Le silence s'était abattu sur la forêt, même les grognements et les bruissements s'étaient volatilisés. Avait-elle réussi à distancer ses poursuivants ? Elle frappa une nouvelle fois à la porte, la sueur se mêlant à ses larmes.

Cette forêt est hantée

Ouvrez- moi.

Enfin, la porte s'ouvrit dans un grincement. Une femme au regard dur comme la pierre et aux cheveux crépus apparut, elle déchiffra la jeune fille de ses yeux perçants.

- Qui es-tu ? Qu'est-ce que tu fais ici ! Hurla-t-elle.

Avant que Lysa ait le temps de répondre, les grognements reprirent de plus belle, de plus en plus proches. La femme, sans jeter un regard à la forêt, tira Lysa dans la maison et claqua violemment la porte. Raide comme un i, et des éclairs dans les yeux, elle se tourna vers Lysa.

- Qui es-tu ?

- Je...je m'appelle Lysa.

La femme indiqua un fauteuil miteux à Lysa et lui fit signe de s'asseoir. Trop intimidée pour répliquer, la petite fille se laissa tomber dans le velours bordeaux.

- Maintenant, tu vas me dire ce que tu fais ici, seule et perdue ! ordonna-t-elle d'une voix sèche. Je veux tout savoir et ne t'avises pas de mentir.

- Mais je...

- Exécution !!

Les yeux baissés, Lysa raconta tout dans les moindres détails. De l'attaque des pains d'épices, l'attitude étrange de Nadya, sa crise d'angoisse sur la route, sa rencontre avec Akhela, le marché, la course poursuite dans la forêt, jusqu'à la maison. Elle n'omit aucun détail. Du moins, elle l'espérait. La vague impression qu'elle oubliait quelque chose la tourmentait, mais elle n'en fit pas part. La femme l'écouta sans l'interrompre, d'un air indéchiffrable. Lorsque Lysa eut terminé, elle lui adressa enfin la parole.

- Tu es une gamine naïve, stupide et inconsciente.

- Merci c'est gentil.

- Tu es sortie pour chercher quelque chose qui n'existe peut-être pas, en faisant confiance à la première vieille dame venue ! Tu risques ta vie dans une crise d'angoisse et tu te lies d'amitié avec une femme qui prétend avoir vu des miracles !! Et en plus, tu fais confiance à un homme excentrique et bizarre et tu te laisses mener à la mort dans une forêt tout sauf rassurante !! Tu avances selon ton instinct et tu affirmes que ton « étoile » te guide ! Je dois continuer ?

Lysa baissa les yeux, rouge de honte, elle n'aurait jamais dû s'aventurer dehors sur un coup de tête et elle avait tendance à ne pas réfléchir avant d'agir. Elle le savait, et ne pouvait en être fière. C'est vrai, elle était sortie en écoutant une vieille femme sûrement un peu sénile, sans même savoir si quelque chose l'attendait au bout du chemin. Elle avait cru un homme arrogant et effrayant, ne s'était même pas méfiée. Elle avait failli mourir, sur la route et dans la forêt. Elle ignorait où aller, quoi faire. De nouveau, ses larmes grimpèrent, elle expia toutes ses hontes, tous ses pleurs, sanglotait, criait parfois.

Tout perdu.

Stupide !!

Mais elle pleura, pleura jusqu'à s'en vider les yeux. La femme ne dit rien, elle attendait patiemment que Lysa se calme. Ses malheurs coulèrent de ses yeux sous forme d'un liquide miroitant la lueur du soleil.

Lentement, ses peines s'atténuèrent avec ses pleurs, elle respira profondément et parvint enfin à prononcer quelque chose.

- Et vous, vous êtes Abi ?

Celle-ci n'eut pas l'air très surprise, mais demanda néanmoins.

- Comment le sais-tu ?

- C'est l'homme du marché, il a d'abord dit que vous étiez folle, et après il m'a dit de vous trouver.

Abi se pencha dans son fauteuil, jusqu'à effleurer le nez de Lysa, celle-ci resta bouche-bée, mais n'osa pas reculer. Les traits d'Abi étaient plus fins que nature, ses cheveux qu'elle croyait crépus étaient soudainement devenus soyeux et chatoyants. Une chevelure de flammes brulait sa peau de neige, magnifique brasier sur la glace de ses yeux. La femme grisonnante et crasseuse de tout à l'heure était devenue une sublime jeune femme sans même que Lysa ne s'en aperçoive.

- Comment était cet homme ? Etait-il excentrique, arrogant et avait une horrible manie de parler à un public imaginaire ?

- Euh... Oui, c'est exactement ça, vous le connaissez ?

- Malheureusement oui.

À ces mots, elle recula et s'assit à nouveau dans son fauteuil. Flamboyante et sublime.

- Il s'appelle Jefferson. C'est un arnaqueur. Il affirme avoir des pouvoirs alors que le seul qu'il possède est celui de soutirer de l'argent à n'importe qui en lui racontant le baratin habituel. C'est un parfait escroc. Il trichait aux cartes alors je l'ai dénoncé, ainsi que tout le reste. Il n'a pas supporté cette humiliation. Quant à toi, il t'en a voulu de ne pas avoir payé. Alors pour se venger de toi, il t'a envoyé ici pour que tu me subisses ; je déteste les gosses. Et moi, c'est en te ramenant ici qu'il s'est vengé, en me forçant à te supporter.

- Oh...

C'est vrai qu'il paraissait vicieux. Cet affreux cafard, il l'avait trompée ! Ce qui ne pouvait signifier qu'une seule chose. Elle se dirigeait dans une mauvaise direction !

- Ne dramatise pas, tu vas trouver un moyen ! dit Abi en apercevant sa mine déconfite, je vais même t'y aider.

- Vraiment ?? Mais comment ?

- Tu dois d'abord me promettre de ne pas poser de question, OK ?

- Euh... d'accord.

- Bien, alors je vais t'expliquer. Il y a quelque chose que tu ne m'as pas dit parce que tu l'as toi-même oublié.

- Ah bon ? Mais je...

- Je t'ai dit de ne pas poser de questions !! Bon. Es-tu certaine de ne pas avoir fait de rêve étrange ?

Lysa ne répondit pas, elle ne voulait pas se le faire reprocher à nouveau !

- Hé ho, tu m'entends ? Je t'ai posé une question !!

- Mais vous avez dit de ne pas parler !

- De ne pas poser de question ! Nuance ! Alors, je t'écoute ?

- Je...

Alors que Lysa allait répondre que rien ne s'était produit, une image apparut dans son esprit de nulle part. Une image familière mais impossible d'obtenir de souvenir précis. Une douleur lui tirailla le crâne. Les images défilaient dans son esprit. Une femme dorée, une voix cristalline tintant dans la nuit, une magie émanant de sa peau, une phrase.

...Jeune et insouciante...seule... nuit de Noël, tout le monde peut trouver le bonheur...comblée, ma chère Lysa...les nuits soient peuplées...rêve ...amour ... prouver ta force... Trouver ...ce monde... inconnu ... se cache ton vœu.

Trouve-le et il te trouvera.

Trouve ton vœu dans ce monde

Il te trouvera.

Donnez-moi ma mère.

S'il vous plait

Nuit de magie.

Prouve ta force

C'était donc ça ?

- Oui... Je me souviens maintenant... Une femme est venue, elle m'a dit que... que je devais sortir et... trouver mon vœu.

- Et quel est ce vœu ?

- Je ne sais pas...

- Bien sûr que si tu le sais, Abi lâcha un rire moqueur, tu m'as toi-même dit que ton vœu était que ta mère prenne vie. Tu m'as parlé des pains d'épices qui sont l'un des pouvoirs de ta mère. Que te faut-il de plus ?

Lysa resta sans voix, depuis tout ce temps, la solution était sous son nez, il avait fallu qu'on lui parle de cette nuit pour qu'elle se souvienne, si Abi n'avait pas posé la question, elle n'y aurait même pas songé.

- Mais alors, où est-elle ? Où est ma mère, comment je la trouve ?

Elle sentait une bulle de joie immense grandir en elle, mais elle devait la trouver, elle devait trouver sa mère pour l'aimer.

- Bien, sourit Abi, maintenant laisse-moi finir, il faut que tu comprennes pour la retrouver, que tu comprennes vraiment. L'étoile s'est inspirée de ton imagination, de ce que tu lui racontais chaque soir pour créer ta mère sur mesure. Elle ne peut la faire vivre que pendant Noël. La magie de Noël permet de donner de l'énergie à l'étoile, elle est alimentée par les joies, les rires, la convivialité, tout ce que l'on nomme la magie de Noël. Et c'est grâce à cette magie que l'étoile a pu venir cette nuit-là, grâce à cette magie que ta mère attend que tu la trouves et essaie de te protéger. Il faut à tout prix que tu la retrouves avant minuit, car Noël sera terminé, et la magie avec.

- Mais je ne sais même pas comment la trouver !

Un sourire malicieux se dessina sur les lèvres pâles d'Abi.

- Là-dessus, je peux t'aider. Même si la logique le peut également.

- La logique ?

- Les pains d'épices sont apparus à l'orphelinat. Il n'y a pas eu d'autres traces de magie ?

- Non...

- Alors c'est qu'elle se trouve à l'orphelinat.

- Mais alors pourquoi Nadya m'a-t-elle dit de partir ? Elle voudrait m'empêcher de retrouver ma mère ?

- Je n'en sais rien, mais...

Soudain, un coup frappa à la porte. Régulier comme un battement de tambour, quelqu'un souhaitait entrer. Abi, fit signe de se taire à Lysa et courut ouvrir la porte. La petite fille tenta de voir qui se présentait ici, mais Abi n'ouvrit pas la porte en grand, elle resta au milieu, barrant la vue. Des minutes tapées à une horloge s'écoulèrent, elles semblaient durer des siècles. Abi parlait d'une voix trop basse. Un glaçon prit le cœur de Lysa, qui cela pouvait bien être ? Qui serait assez fou pour s'aventurer seul dans cette forêt ? A part Lysa, personne ne serait assez inconscient pour cela. Abi referma brusquement la porte et se tourna vers Lysa. Son regard perdu dans les ténèbres et son visage formant une expression paniquée, ses cheveux étaient de nouveau crépus et sa peau blafarde. Elle adressa un signe de tête à Lysa.

- Partons d'ici tout de suite, ordonna-t-elle

- Pourquoi, Qui était- ce ?

- Viens, c'est tout.

- Non !! Lysa se posta devant elle, bloquant le passage sur une porte.

- Lysa, ne fais pas l'idiote, réfléchis une fois dans ta vie !! Laisse-moi passer, nous avons du chemin.

- J'en ai assez qu'on me cache tout ! Qui était ce ?

- Tu vas nous faire perdre du temps, je te préviens, tu vas le regretter !

- Je veux savoir ! hurla Lysa sur un ton de défi.

- Tu vas nous faire tuer ! Tu...

Des coups frénétiques sur la porte la coupèrent. Les deux filles jetèrent des coups d'œil dans tous les coins. Des coups et des grattements résonnèrent dans toute la maison. Les pierres et le bois vacillèrent, des grognements résonnèrent. Lysa se retournait de tous les côtés, lançait des regards interrogateurs à Abi. Celle-ci lui répondit par des yeux inquisiteurs. La porte commençait à être déchiquetée, des hurlements déchirèrent l'atmosphère, ni humain ni animal, un mélange de grognements et de cris de terreur. Le bruit emplit la maison entière.

- Qu'est-ce que c'est ? hurla Lysa

- Des loups ! répondit Abi, mais pas ordinaires, ils sont très agressifs, même entre eux, je voulais partir avant qu'ils n'arrivent mais il a fallu que tu me bloques !

- Désolée...

À ces mots, Lysa baissa les yeux, soudain, la porte se brisa et un museau ensanglanté empli de crocs acérés émergea. La main d'Abi saisit le bras de Lysa et la tira en face d'un mur. Avant que Lysa n'ait le temps de demander pourquoi et comment, Abi la poussa dessus. La jeune fille s'attendait à se cogner contre le mur, surprise, elle ferma les yeux et se laissa entrainer. Lorsqu'elle ouvrit les paupières, elle se tenait dans un couloir sombre aux murs de pierres, éclairé par des torches libérant un halo de lumière rougeâtre. Elle se retourna, effrayée d'être piégée ou de se trouver encore dans un de ses cauchemars. Derrière elle, un mur se dressait. Par où était-elle entrée ? Comment sortir ? Où se trouvait-elle ? Elle commençait à s'affoler, un torrent de questions l'ébranla. Abi posa doucement sa main sur son épaule, d'un geste rassérénant, elle calma la tension.

- Calme-toi, ordonna-t-elle, le mur n'était qu'une projection magique, nous sommes seulement passées de l'autre côté. Mais les loups pourraient passer aussi, ne tardons pas.

- De la... magie ?

- Oui, pourquoi ?

- Je... Je... Sa respiration se coupait, son discernement se laissait entrainer par la peur et le trouble.

- Ecoute, je comprends que tu aies peur, mais il va falloir me faire confiance si tu veux retrouver ta mère.

Oui, elle devait avancer, toujours avancer.

Leur course dans le tunnel dura une éternité, les murs recouverts de toiles d'araignées serpentaient à travers la Terre comme un réseau de galeries anciennes. Derrière elles, on pouvait entendre des échos de hurlement et de grognement sinistre, il fallait se dépêcher. Elles nageaient dans leur peur, la tension se sentait à des kilomètres. Personne ne parlait, de peur que cela brise l'élan. Le sentiment de fuir n'avait rien d'un film, une aura de peur émanait des corps de Lysa et Abi. Leurs pieds buttaient violemment contre la terre sèche. Malgré la sueur et les courbatures, malgré l'anxiété et la peur elles continuèrent de courir jusqu'à une porte en bois sombre. Abi saisit un collier et décrocha la clé qui en pendait. Elle la tourna cinq fois dans la serrure sous le regard perplexe de Lysa et ouvrit la porte sur une immense salle. Un pas devant l'autre, Lysa s'aventura dans la pénombre. Grâce à une torche du couloir, Abi alluma un feu démesuré dans l'âtre, des colonnes de flammes dansaient sous le regard ébahi de Lysa. Celle-ci put enfin voir la salle, moins grande qu'elle n'y paraissait au premier abord, les murs tapissés de papier en tout genre, de dessins et croquis insolites. Quatre grandes tables au pied des murs se dressaient, dessus, des tubes à essais, des alambics, des fioles contenant des liquides colorés qui scintillaient ou bougeaient tout seuls. Des livres semblants très anciens prenaient la poussière à ventre ouvert.

- Dépêche-toi, railla Abi, ils finiront par arriver !

- Qu'est-ce que c'est que cet endroit ?

- Un laboratoire d'expériences magiques, je croyais que tu t'en doutais ? D'ailleurs, pourquoi tu n'as pas peur, de la magie ? Lorsque tu as traversé le mur tu n'as pas eu l'air très surprise, pourquoi ?

- Si, j'étais surprise, mais la magie a toujours fait partie de ma vie.

Abi lui adressa un sourire plein de compassion et leva les yeux au ciel, puis lui fit signe de la rejoindre devant le feu.

- Tu vas devoir aller à l'orphelinat, je peux localiser ta mère mais pas t'y téléporter, essaie d'échapper aux loups et trouve là.

- Mais comment on sort d'ici ?

- D'abord, il faut tracer une piste pour te mener à ta mère.

Abi saisit aussitôt un bocal de poudre violette. Lysa, curieuse de savoir comment elle s'en servirait, ne bougea pas lorsqu'Abi souffla dessus. Absorbée dans un nuage violet, elle toussa et ferma les yeux sous la fumée. Lorsque tout retomba, elle aperçut Abi tracer un mot à la craie au sol. Soudain, la poussière violette devint dorée et traça une ligne scintillante, qui, tel un serpent, s'allongea jusqu'à se faufiler hors de la pièce. Elle se dirigea vers le vœu de Lysa. Vers sa mère.

- Voilà, c'est fait ! souffla Abi

- C'était si simple que ça ? J'aurais pu le faire depuis le début !

- Et comment aurais-tu fabriqué la poudre ? Comment aurais-tu trouvé l'incantation ?

- Je...

- Tu vois ? Tu ne réfléchis jamais avant de...

Des coups retentirent sur la porte et au-dessus d'elles. Soudain, un loup gigantesque, borgne à la fourrure immaculée émergea du mur en grondant sauvagement. Son œil valide traduisait une sauvagerie et une faim infinie.

- Ils nous ont rattrapés, murmura Abi d'une voix tremblante, surtout recule tout doucement.

Trop effrayée pour parler, Lysa se contenta d'obéir et recula centimètre par centimètre. Un goût amer emplissait sa gorge sèche. Elle retint un hurlement lorsque deux autres loups entrèrent, leurs yeux jaunes brillant tels des lanternes. Crocs et griffes dehors, un grondement sinistre vibrant dans leur gorge, leur pelage d'encre taché de sang, ils tournèrent autour des deux proies, se léchant déjà les babines. Lysa tressaillit, un cri menaçant de s'enfuir de sa gorge elle ne savait plus quoi faire, crier ? S'enfuir ? Pleurer ?

A peine Lysa eut-elle obéi que le loup blanc se jeta sur elles, les deux autres saccagèrent le reste de la pièce. Abi bondit sur Lysa et l'écarta avant que le loup n'arrive. Lysa et Abi furent projetées contre un mur. La table gisait, en pièces là où elles se tenaient avant. Pressées contre le mur, les deux proies faisaient face à leur destin. Les bêtes se délectaient déjà de leur capture. Soudain, Abi souffla à nouveau sur la poudre et saisit un poignard de nulle part, elle se jeta sur les loups. Ce fut un carnage, Abi devait s'être entrainée longtemps, car elle résistait héroïquement aux loups. Elle parvint à en blesser un. Le sang giclait en fontaine rouge. Dans la mêlée, impossible d'apercevoir qui avait le dessus, les loups bondissaient, griffaient, mordaient. Abi, tel une guerrière de haut rang, esquivait frappait et criait. Ce fut terrifiant, Lysa n'osait plus bouger. Les ombres dansaient sur le mur, formant un amas de ténèbres, tout était saccagé.

- Mais qu'est-ce que tu attends ? Hurla Abi parmi les grognements et les coups, va-t'en !! Suis la piste !

- Mais je ne peux pas te laisser !

- Vas-t-en !

Une nouvelle fois, Lysa devait abandonner un être cher, une nouvelle fois, elle devait partir. Ses yeux lui piquaient, sa tête la brulait, elle profita de la diversion d'Abi pour s'enfoncer à toute vitesse dans le couloir, des larmes lui veinaient le cou. Elle passa le faux mur et, ignorant les ruines de la maison, s'aventura dans la forêt. Un hurlement de loup retentit alors qu'elle courait à s'en tuer, les loups revenaient à la charge. Tout se passa très vite, elle suivit la piste dorée vers la ville, faisant courir ses jambes le plus rapidement possible, des dizaines de pattes griffées à ses trousses. Plongée dans ses pensées, dans un océan de larmes, repensant sans arrêt à Abi qu'elle avait abandonnée chez les loups, pleurant de plus belle, se maudissant intérieurement, maudissant sa naïveté et se reprochant tout cela. Trop absorbée, elle n'aperçut pas la branche d'arbre sur son chemin. Son pied heurta de plein fouet la branche et elle tomba dans la neige, emplie de peur et de culpabilité. Elle ferma les yeux, s'attendant à ce que les crocs des loups la déchiquètent, la dévorent et en finissent avec elle. Au lieu de cela, elle perçut des coups, des bruits de chair lacérée, de combat, puis des corps s'écroulant et plus rien.

- Réveilles-toi, surgit une voix aigrie, aller !

Lysa leva les yeux, une femme encapuchonnée la secouait frénétiquement, lui sommant de se réveiller. Lorsqu'elle rabattit sa capuche, le sang de Lysa ne fit qu'un tour.

- Nadya ?

- Oui, rit cette dernière, tu vas te relever oui ?

- Mais comment... commença Lysa en se relevant péniblement.

- Je t'expliquerai en chemin.

Le cœur serré, sa tête douloureuse de questions, Lysa suivit la ligne en compagnie de Nadya, la vieille femme se tenait étrangement bien pour son âge.

- Nadya ? Comment m'as-tu trouvé ?

- Je t'ai suivie, que crois-tu ? Je t'observe depuis longtemps, et j'ai remarqué que tu étais très seule, je voulais t'aider mais j'ignorais comment. La nuit de Noël, j'ai vu la femme d'or te parler, j'avais été alertée par du bruit alors je suis montée et je l'ai vue. J'ai attentivement écoutée ce qu'elle t'a dit et j'ai compris que c'était le moment de t'aider. Bien sûr, j'y ai réfléchi, tout cela me paraissait étrangement effrayant, de la magie, tu te rends compte ? Bref, j'ai compris que si tu passais ton temps dans la chambre, tu ne risquais pas de trouver ce fameux « vœu » alors je t'ai incitée à partir, l'attaque des bonhommes de pain d'épices a achevé de me convaincre. Une fois que tu étais partie, je t'ai suivie autant par curiosité que par attention, je ne voulais pas qu'il t'arrive malheur et trop d'ennuis en rentrant à l'orphelinat. Je t'ai suivie partout où tu es allée jusqu'à Abi. Alors que je restais à proximité, j'ai aperçu les loups se diriger vers la maison alors je suis allée prévenir Abi.

- C'était vous ?

- Et oui, mais laisse-moi terminer ! Je t'ai vue sortir en courant et suivre un chemin bien précis, mais les loups te poursuivaient.

Lorsque tu es tombée, je n'ai pensé qu'à t'aider, et j'ai repoussé les loups.

- Toute seule ? Mais comment...

- Et bien, c'est vrai que tu ne connais pas grand-chose aux légendes locales. De nombreuses histoires circulent sur cette forêt, certains disent qu'ici se trouvait autrefois un royaume dirigé par un roi tyrannique et deux valets sanguinaires. Pour les punir de leurs vices, une sorcière a changé les trois êtres et leur peuple en loups. On dit que le roi et les deux valets sont les plus agressifs, ils n'ont rien de loups normaux, s'attaquent à tous même à leurs semblables. Ils cherchent sans arrêt à se venger de la sorcière, qui serait donc Abi, mais échoueraient à chaque fois. Ce sont ces trois loups qui l'ont attaquée, il ne restait que le reste de la meute, des loups gris ordinaires et facilement impressionnables. Il était donc simple de les vaincre, du moins, de leur faire prendre la fuite.

- Alors Abi est...

Je n'en sais rien, mais elle est très forte, je n'en doute pas, lui assura Nadya avec une touche rassérénante.

Le reste du trajet, Lysa suivit la ligne et guida Nadya jusqu'à l'orphelinat. Là, les adultes furent furieux contre la jeune fille d'avoir fugué, mais Nadya prit sa défense et elle put rentrer sans trop de reproches. Celle-ci resta auprès d'eux pour régler l'affaire tandis que Lysa suivait la ligne. Ligne qu'elle seule pouvait voir. La trace d'or guida Lysa jusqu'à l'endroit le plus improbable qu'elle puisse imaginer, le placard à chaussures. Elle serpentait jusqu'au fond et au-delà pour continuer derrière. Lysa, l'esprit retourné, tenta de tâter le fond mais à sa grande surprise, elle passa au travers. La jeune fille repensa à la projection magique d'Abi et décida de passer derrière le placard. Elle fut transportée sur un escalier de pierre, s'enfonçant dans les tréfonds de la Terre. Elle les descendit hâtivement à la lueur des flambeaux. Au bout de cet escalier l'attendait un grand miroir d'argent, orné de pierres rouges et bleues, sa surface limpide scintillait telle une étoile. Lysa s'approcha le cœur serré et les yeux humides. Instinctivement, elle effleura d'une main tremblante la surface du miroir. Celle-ci ne réagit pas.

- Maman ? appela Lysa, pleine d'espoir.

- Je suis là, répondit une voix de femme plus douce que la Lune. Dans le miroir se formèrent les contours flous d'une femme svelte et athlétique, entourée de lueurs colorées illuminant son corps, seuls ses contours demeuraient cependant visibles. Des perles de joies gouttèrent sur les joues de Lysa.

- Enfin, murmura-t-elle, viens !

Mais rien ne se produisit, la silhouette ne bougea pas, seule la voix désincarnée continuait de parler.

- Ma chérie, l'étoile m'a créée à partir de toi, de ton imagination et de tes rêves, accepte moi, et je viendrais. Tu as prouvé que tu savais vivre et me trouver, je serai ton cadeau de Noël. Donne-moi un nom, un nom qui me reflète, donne-moi un cadeau plus précieux que la Lune, une identité.

Oui, elle accepterait sa mère, quelle fasse vivre le pain d'épices, qu'elle soit aussi naïve que sa fille, née d'une étoile. Elle avait rêvé à sa fenêtre d'une mère, faillit mourir pour la trouver, perdu des proches, trouvé des amis, elle était prête à accepter sa mère, à croire que bien qu'elle soit issue de magie, elle serait toujours là. Son cœur débordait de joie, vibrait de musique festive et d'odeur sucrée. Le monde l'attendait, sa mère serait là. Son bonheur coula sur ses joues, larmes de joie et de magie. Une nouvelle vie lui tendait les bras, l'oiseau avait à nouveau des ailes, encore fallait-il savoir s'en servir.

Sa mère reflétait ses rêves, elle l'imaginait chaleureuse et vive, magique et majestueuse. Dans ses rêves, sa peau s'illuminait sous les étoiles, ses yeux s'emplissaient d'étincelles, une douce odeur de cannelle et d'épices émanait de ses gestes. Mais surtout, une femme d'or était venue, l'avait rendue réelle, chaque soir, c'était son étoile qu'elle priait, elle lui devait tout.

Nuit de magie, je te remercie.

Grâce à toi la solitude n'est plus, la vie d'une enfant pure est revenue.

- Je t'appellerai Etoile, car c'est celle du Berger qui m'a guidée jusqu'à Akhela, Jefferson et Abi, afin que je te retrouve, que la trace d'or me mène jusqu'à toi. Sans Nadya, je ne serais pas sortie. Si je n'étais pas sortie, je n'aurais jamais vécue ce jour si magique de Noël, je n'aurais jamais eu d'amis ni rencontré la sorcière qui m'a permis de te retrouver. Je t'appellerai Etoile car c'est elle qui t'a donné la vie.

Soudain, la surface de miroir se mit à vaciller, comme les ondes dans l'eau. Elle fondit, se disloqua, disparut pour ne laisser place qu'à la mère de Lysa, exactement tel qu'elle l'avait voulue. Etoile, la fille de Noël. Bras dans les bras, mère et fille, elles s'étreignirent si fort que la respiration manqua, le sourire de sa mère, délicieuse vision accompagnée de fossettes, resta gravé dans la mémoire de Lysa. Une étincelle, un brasier, une magie puissante, l'amour d'une mère, la magie de Noël, l'amour d'une vraie famille.

- Joyeux Noël, souffla sa mère.

- Joyeux Noël, maman.

L'adoption fut conclue le lendemain, Lysa et sa mère déménagèrent en ville, près de chez Akhela qui devint une amie un peu envahissante. Lysa ne sut jamais ce qu'il était advenu d'Abi, mais elle gardait dans son cœur une trace de son aventure, de bonheur et de vie. Elles fêtèrent ce moment autour du sapin, de cadeaux, d'amis et de repas. Tout fut tel que Lysa l'avait toujours souhaité. Et si un jour des pains d'épices prennent mystérieusement vie, si le monde change et devient plus sombre qu'un jour d'orage, gardez en tête cette idée, à Noël, tout est possible, et la magie inonde les cœurs.

Croyez en vos rêves, car qui sait, un jour, peut-être qu'une femme d'or viendra vous voir. Les rêves deviendront alors réalité. L'étincelle s'allumera, et donnera vie au brasier.

L'incroyable histoire d'un chat pendant le confinement

La vie d'un chat n'est pas de tout repos ! Je sais, se prélasser toute la journée au soleil, manger, jouer et dormir toute l'année ça parait être la belle vie, mais non ! Non, la vie d'un chat est pleine de rebondissements, d'inattendus, de virages. Par exemple, on peut louper une souris, tomber du canapé, aller chez l'abomina-chat (le vétérinaire pour les humains), et ça, croyez-moi, ce n'est rien comparé au coronavirus !!

Non, je ne l'ai pas attrapé.

Non, je n'ai pas perdu de proches.

Non, je ne suis pas en télétravail !

Je vous le dis, le pire, dans cette histoire, c'est le confinement.

Je vais vous raconter tout depuis le début.

Moi c'est Olaf, je suis un de ces chats Européens à poils longs pour lesquels tout le monde craque. J'ai trois ans et je possède cinq humains, ou plutôt, cinq esclaves.

Tous les jours, ils partent pour faire des choses d'humains, travailler, s'engueuler avec leur patron, et ils me laissent seul à la maison jusqu'à environ minuit, pendant qu'une nounou garde les gosses ! Je vous le dis tout de suite, c'est ça la belle vie. Pas de stress, pas d'humains dans les pattes, un bon canapé moelleux, du calme, de la nourriture ! Les gosses, Juliette, Yanis, et Jana partent à l'école, et moi, j'ai tout pour moi! Il y a seulement le week-end où tout le monde est là, mais les câlins, les caresses et les grattes-grattes, je ne dis pas non ! Enfin, si je devais prescrire un humain, je dirais, à consommer avec modération, ni trop, ni pas assez. Mais au début, je ne savais pas ce qui allait me tomber dessus !

Tout a commencé un soir, toute la famille était installée sur le canapé devant la fenêtre magique. C'était le menu original : des caresses, des gens qui parlent dans la fenêtre magique, le bonheur ! Mais soudain tout le monde s'est tût dans la maison, il n'y avait plus un bruit. J'ai cherché pourquoi, et j'ai vu un homme dans la fenêtre magique, tout le monde le regardait comme si c'était un dieu. Moi, je l'ai trouvé plutôt normal, mis à part le fait qu'il avait l'air d'avoir une envie pressante. Il parlait d'une voix grave comme s'il annonçait la mort de quelqu'un, mais dans son ton, on pressentait une assurance et une mélancolie, mais pourquoi ? Je ne cherchai pas à comprendre, qu'est-ce qu'un chat pouvait bien faire des affaires d'humains ! Le maître ne s'abaisse pas au rang des esclaves ! Alors je me retournai, et m'endormis en tachant de profiter de la vie.

Le lendemain, je fus réveillé très tôt par une dispute entre Maman et Papa, encore fatigué, j'écoutai leur conversation.

- Non mais tu as vu le nombre de morts par jour ? Pas question de partir si c'est pour se prendre une amende!

- Mais on doit partir d'ici ! On est en plein cluster ! Faisons comme les voisins et allons faire le plein et partons dans notre résidence secondaire pour le confinement, on y sera plus tranquille !

- Justement ! Tu veux faire quoi ? Risquer de choper ce virus et mettre en danger ta famille, ou rester tranquillement à l'abri ?

Virus ? Quel virus ? Décidément, tout allait en l'air, dans cette maison ! Après cet homme qui suscitait tant d'attention, un nouveau virus arrivait !! Le midi, à la fenêtre magique, je vis des tas d'humains malades dans des lits d'hôpital, ils avaient l'air prêts à mourir ! Malgré le fait que je leur sois supérieur, j'éprouvai quand même un pincement au cœur, les humains avaient vraiment l'air de souffrir, cela n'avait rien de drôle.

Un mot revenait en boucle : covid-19. Qu'est que cela pouvait bien être ? Une marque ? Une personne ? Peut-être était-ce cet homme qui parlait hier soir ? Mais pour un chat, vous l'aurez compris, ce n'était pas le pire.

Les jours suivants, alors que je m'attendais à passer une nouvelle journée peinarde en solitaire, les humains ne partirent pas !! Ils restèrent chez MOI, dans Ma maison, à envahir MON espace vital ! De l'air !! Maman et Papa passaient la journée sur la mini fenêtre magique avec un clavier et les enfants couraient partout ! Alors que je tâchais de m'endormir sur une chaise dans la seule pièce calme de la maison, Juliette déboula en courant dans le salon en pleurant.

- MAMAAANNN ! Yanis veut pas me prêter ses jouets !!

Yanis surgit derrière elle.

- NAAANN !!! C'est à moi !!

Puis, Maman arriva enfin pour calmer ces deux petits monstres.

- Enfin ! cria-t-elle, vous ne pouvez pas nous laisser travailler tranquillement ? Dans vos chambres ! J'ai du travail moi !

- Mais Mamaaann ! se lamenta Yanis, elle m'a pris mon dinosaure !

- C'est pas vrai, rétorqua Juliette en croisant les bras, c'est toi, qui ne veux pas me le prêter !

- Stop ! hurla Maman, j'en ai assez de vos caprices !! Dans vos chambres !

Puis, comme si cela ne suffisait pas, Papa arriva d'un pas furibond et commença, lui aussi à crier.

- C'est pas un peu fini ! On vous dit qu'on travaille, alors laissez-nous tranquilles, pour une fois !!

Juliette éclata en sanglot sous les cris de son père tandis que Maman rappelait Yanis à l'ordre. Quant à moi, je me levai de la chaise pour aller m'installer dans un endroit plus serein. Et voilà comment une maison calme se transforme en foire aux engueulades !! La seule qui n'avait pas crié restait Jana. La pauvre petite dormait paisiblement dans sa chambre rose. À pas légers, je la rejoignis dans sa chambre. Son visage détendu et sa respiration paisible chassaient les mauvaises ondes. En bas, les cris devenaient plus lointains. C'est incroyable comment le sommeil d'un enfant peut changer l'ambiance ! Dans son lit paisible et silencieux, son ours en peluche serré contre elle, elle voguait dans le pays des rêves. Je sautai sur son matelas moelleux et doux pour me blottir contre l'enfant. Sa chaleur m'envahit et une douce odeur m'enveloppa. Je pus enfin m'endormir en paix. Brusquement, la main de la petite bougea pour se poser sur mon ventre. Après quelques caresses, je me laissai tirer par le sommeil.

- Mon chat que j'aime... murmura Jana.

Enfin, la vie reprenait. Je ronronnai de plaisir. Chaleur, calme, sommeil, les rêves nous emportèrent au loin.

Le lendemain, Jana rit aux éclats dans la maison et me tirait la queue en me courant après.

Je cavalai dans la maison en quête d'un abri, au secours ! Mais, tous trop occupés à travailler et à crier, ils ne firent pas attention à moi.

Dans la fenêtre magique, des gens faisaient des pyramides de bonbons, chantaient dans leurs toilettes ou encore dansaient sur leurs lits. C'est là que je compris, tout le monde vivait le même calvaire que moi !! C'est pour ça que Papa et Maman parlaient de confinement et de maladie. A cause d'un virus, on est tous coincés chez-soi ! Quelle horreur !! Tous les jours pendant combien de temps ? Pas toute la vie ? Qui avait instauré cette règle ? Amenez-le-moi, et il va comprendre sa douleur ! Non mais sans blague ! Infliger ça à tous les chats du monde ! Il y en a qui se gêne pas !

Enfin bref, la vie continuait dans une boite, coincée dans une famille qui passe son temps à crier.

Génial...

Quant à moi, est ce que je pouvais sortir ? Est-ce que je risquais d'attraper ce virus ? Les chats dans tout ça ?

Tout avait commencé par cet homme bizarre, Covid-19, je ne l'oublierai jamais celui-là ! Et ma patte à couper que c'était à cause de lui qu'on se retrouvait confinés ! Heureusement, je pouvais encore, en tant que chat, aller dehors, et narguer mes humains ! Mouhahaha !! Mais quand même, ça devenait pénible, ce stress permanent et ma vie de pacha me manquait

Enfin, on s'y fait, finalement à ce confinement... Si on peut dire ça...

J'ai trouvé un coin tranquille à l'abri du bruit, le placard de Papa !! Dedans, il y a ses vêtements, ses affaires de vélo et ses vieilles chaussettes sales !! A part l'odeur (un mélange de fromage trop vieux et de transpiration), c'est le calme absolu ! Il faut avoir le bon timing et sortir avant le soir pour ne pas se faire avoir !! Du coup, tous les soirs, Papa râle parce que ses affaires sont pleines de poils et toutes aplaties, mais comme je ne suis pas dans son placard il ne peut rien me dire ! Super plan, hein ?

Un jour, alors que je me réveillais à peine de ma sieste, un miaulement affolé surgit de dehors :

- Miaausecours ! Mia ! Au secours !

Je connaissais cette voix mais ne la reconnue pas. Un chat n'abandonne jamais un chat !! C'est pourquoi je me précipitai vers la chatière bien aimée tel un héros héroïque et je... PAF, me pris la chatière au nez... Quoi ? Ma chatière est cassée ? Non !! Pile à ce moment !! Il a fallu que Jana se coince le pied dedans pendant que je dormais pour qu'elle casse ma chatière ! Et évidemment, personne ne s'en était aperçu ! Humains incompétents ! Il faut tout faire soi-même dans cette maison décidément !

Déterminé à sortir aider ce chat, je vins me frotter tendrement aux pieds de Maman. J'employai tous les moyens, les gros yeux, les petits miaulements craquants, les câlins tout en me dirigeant vers la porte. Finalement, après un :

-Mon petit chat, t'es trop choux ! Tu veux sortir ? Bien sûr !

Maman m'ouvrit la porte comme un bon esclave !

Attention, super Olaf arrive !!

Les miaulements d'appel à l'aide continuaient de plus belle. Grace à mon ouïe légendaire, je suivis la trace de l'appel et me retrouvai au coin de la rue. Le désert. Rien. Pas un chat, pas un chien, pas même de monstre de métal, ceux dans lesquels se déplacent les humains. Je me retrouvais tout seul. Soudain, une boule de poils noire et blanche bondit sur moi. Toutes griffes dehors, je m'attendais à devoir me battre mais un chat se tenait devant moi. La voix me revint, ça y est, je sais à qui elle était !! Lulu ! De son vrai nom Lucifer, ce chaton d'un an était un vrai diablotin. Il désobéissait, jouait, énervait, râlait tout le temps, surprenait tout le monde, mais les humains l'adoraient. Il faut avouer qu'avec ses grands yeux verts, son pelage noir et blanc luisant et sa bouille de chaton, il pouvait faire fondre n'importe qui devant lui ! Mais il était incapable de se laver correctement, deux trois léchouilles et Hop !! C'est bon, c'est tout propre. Et quel bavard !! Toujours quelque chose à dire, ou à se plaindre ! Mais je ne pouvais pas nier, Lucifer était un petit chat mignon et très gentil, bien qu'hyperactif et encore très jeune, il était attachant et je l'aimais beaucoup.

Bon, reprenons. Cette satanée frimousse bondissante sauta sur mon dos et commença à miauler d'amusement, tu parles qu'il était blessé ! Il m'avait bien eut oui ! Mais pourquoi ce chat-crispant avait-il fait ceci ?

- Miaa !! cria Lulu, chalut ! Chalut !! Cha va ? Et tu sais quoi, tu sais quoi ? J'ai chattrapé une souris, hier ! Oui, oui ! Elle n'a rien vu venir !! Et toi ? Et toi ? Tu fais quoi ?

- Ben je t'ai cru en danger, je suis sorti pour te sauver figure-toi ! Pourquoi tu as crié ?

Lucifer se figea devant moi et me fixa de ses grands yeux expressifs, sa queue battait l'air.

- C'n'est pas moi, c'est Biscotte qui m'a dit de faire ça ! Alors j'ai obéi, t'as vu ? Je suis gentil hein ?

- Tu m'as surtout fais très peur ! rétorquais-je, et où est Biscotte ?

- Ici.

La voix du vieux chat sortit de l'ombre en même temps que lui.

Le pelage beige et râpeux de ce chat en avait vu ! Tout comme ces yeux bleu glacier emplis de sagesse. Un sage, un chaman, un ancien avec une expérience sur le monde et une sérénité sans faille, tout le monde le respectait, même Lucifer.

- Je te connais par cœur, annonça-t-il, tu ne résisterais pas à sauver un chat en détresse, et à cause du confinement, c'est difficile de sortir. Sauf pour toi. J'avais besoin de te montrer quelque chose !

- Ah ? Et quoi donc ?

- Montre, montre, alleeeeez, montre !!!! miaulait Lulu en sautillant.

- Calme-toi, moustache ! Rugit Biscotte.

- Moi c'est Lucifer, pas Moustache !

- Et alors ? La belle affaire ! Qui s'inquiète de comment tu t'appelles ?

A ces mots, le vieux chat se tourna vers Moi.

- J'ai accompagné mes humains pour un voyage en Chine juste avant le confinement, et c'est de là qu'est parti le covid-19.

Je songeai au monsieur de la fenêtre magique.

- Qu'est-ce que cet homme ferait là-bas ? m'étonnais-je, mes compagnons me scrutèrent d'un drôle d'air.

Biscotte s'approcha.

- Le covid-19, ou le coronavirus, le virus à l'origine du confinement tu ne l'avais pas compris ?

- Ben... Euh, tout est allé si vite, alors... non.

Mes deux amis éclatèrent de rire. Mais maintenant, je comprenais enfin ! Le covid-19, la maladie, tout ça, c'était lié ! Et apparemment, elle était partie de Chine, je demandai à Biscotte de continuer.

- Et bien, poursuivit-il, nous avons trouvé un animal nommé Pangolin, il semblerait que les chinois connaissent bien cet animal. Mais c'est également l'animal porteur du virus qui a débuté la pandémie. Enfin, l'espèce animale, pas ce pangolin en particulier. Moi et les autres avons eu une idée pour aider les scientifiques à vaincre cette maladie. Il suffirait de trouver un pangolin et de lui demander de quoi faire avancer la science, comme de l'urine, de la salive, des cellules permettant de trouver comment il se soigne et de l'adapter aux humains.

- C'est une bonne idée, mais comment on trouve un pangolin, ils vivent en Chine !

- Justement, devine ce que mes humains ont acheté en souvenir de leur voyage, un pangolin bien vivant ! Par contre, il ne parle pas très bien français.

À ces mots, il partit chercher l'individu ! Moi, je restai cloué sur place, un pangolin !! Et donc, porteur du covid ? Aucune idée. Le plan de Biscotte était tordu et presque impossible, mais qui sait, ça pourrait marcher ! J'avais hâte de voir la créature en question ! Biscotte revint accompagné bien sûr de Lulu mais aussi de Chi, Katsu, Cooper et Frimousse. Facile, la furie, le flemmard, l'aventurier peureux et l'imprudente (si se rouler au milieu de la chaussée ce n'est pas imprudent !), tout le monde était là ! Ainsi qu'une drôle de bestiole couverte d'écailles avec un long museau. Elle se baladait comme si la vie était une éternelle attraction. Ses pattes griffues et sa langue queue reptilienne lui donnaient l'air d'un dragon. C'était donc ça un pangolin ? Quel animal curieux ! Je m'approchai de lui le poil hérissé, méfiant.

- Euh... Bonjour pangolin ! Comment tu t'appelles ?

- **你好我叫格洛格鲁** (Nǐhǎo! Wǒjiào gé luò gé lǔ) répondit-il, j'en restais sans voix.

- Pardon ?

- Il dit bonjour, il s'appelle Glouglou. traduisit Katzu, il faut dire qu'il parlait toutes les langues, celui-là !

Cooper restait méfiant tandis que Chi se tenait en majesté et Lulu jouait avec la queue écailleuse de Glouglou.

Et donc, il n'y a pas eu de bombe atomique, ni d'explosion, ni rien, je fis la connaissance de Glouglou et puis voilà. Quoi ? Bien sûr que ce n'est pas fini !! Vous n'avez pas entendu le plan de Biscotte ? Bon, alors écoutez.

- Tu es malade ? Demandai-je au pangolin.

Il répondit qu'il ne savait pas.

- Tu sais comment on soigne le covid ?

Il répondit qu'il ne savait pas.

- Mais alors qu'est-ce que tu fais ici ?

Il répondit qu'il ne savait pas.

Je lançai un regard ébahi à Biscotte.

- Qu'y a-t-il ? Réagit le vieux chat, je n'ai jamais dit qu'il nous donnerait toutes les réponses ! Juste qu'il allait nous aider !

- Alors comment on fait ?

- On le fait vomir, on récupère tout ce qui pourrait contenir un virus et on le donne à un labo de recherche.

Des chats qui font avancer la science humaine, elle est bien bonne, celle-là ! Malgré tout, je trouvais bête d'avoir fait tout ça, être sorti, avoir rencontré un pangolin, pour rien. Je cédai finalement.

- Bon, alors c'est parti !

Le pangolin était d'accord, alors ce fut travaux pratiques pour tout le monde ! Le pauvre ne s'y attendait sûrement pas !

Avez-vous déjà vu du vomi de pangolin ? Des excréments de pangolin ? De la bave de pangolin ? Du sang de pangolin ?

Non ?

Ben vous n'imaginez pas la chance que vous avez !

C'est rien qu'une espèce de bouillie verdâtre de poils, de bave, d'herbe et de nourriture, le tout mixé et touillé jusqu'à donner un résultat à faire vomir ! Et pour le reste, je préfère ne pas donner de détails, après tout, vous n'êtes pas ici pour vomir à la fin !

Je continue. Après ces "prélèvements", nous disposâmes tout nos ingrédients dans des récipients séparés ou des bouteilles péchées dans des poubelles.

Au menu :

Soupe d'herbe et d'insectes fraichement recrachés

Soda de pipi de pangolin amer

Coulis de bave

Cake aux sels et tout le tralala...

Autant vous le dire, du grand art !! Même Biscotte n'osait pas rester trop près, de peur de s'intoxiquer.

- Et maintenant ? On fait quoi ? Demandai-je

- Il faut confier tout ça à un laboratoire où ça pourra être examiné et analysé, répondit le vieux.

- Mais bien sûr, ricana Chi, des chats qui prétendent pouvoir sauver le monde d'une maladie ! Et puis, si ça se trouve, ils ont déjà fait les mêmes prélèvements et déjà examiné tout ça.

- Alors pourquoi les humains sont encore cloitrés chez eux ? rétorqua Frimousse. Ils vont chercher trop loin et trop profond, ils n'ont peut-être pas réussi à obtenir ce que nous avons réussi à avoir !

D'ailleurs, Glouglou affirma que les pangolins se faisaient souvent braconner, et que les scientifiques avaient du mal à en obtenir. Mais cette seconde information reste à vérifier.

- Mais si au final, le covid ne venait pas des pangolins ?

- Si ce sont les chauves-souris, ou autre chose, la maladie passe par les pangolins, et si ce n'est pas le cas, cette analyse servira aussi à être fixé sur l'origine de la maladie. Et selon Glouglou, des membres de sa famille l'ont déjà eue.

Ainsi, le maître avait parlé, plus personne n'osait l'interrompre, ou désobéir. Glouglou, lui, marchait encore de travers, mais semblait toujours aussi enthousiaste.

- Bon, conclus-je, on donne tout ça à quel labo ?

La réponse se trouvait non loin d'ici. FisherBioCTech, il serait l'heureux élu !

Enfin, toute la bande ne pourrait entrer dans le labo. Franchement, malgré la supériorité des chats, les humains ne les prendraient jamais au sérieux ! Et ces incapables ne les comprenaient même pas...

Nous usâmes d'un stratagème plutôt étrange, et qui avait toutes ses chances d'échouer. De toute façon, vous avez une autre idée ? Non ? Parfait, alors écoutez bien.

Il fallait être rapide et efficace. A l'arrière du bâtiment se trouvait une porte, qui donnait sur un débarras ou une réserve, mais quelle importance ? Notre mission : nous infiltrer par cette porte discrètement et déposer nos trouvailles et

Glouglou dans cette réserve. Comme ça, avec un peu de chance, les humains trouveraient les prélèvements et, croyant qu'il s'agit d'analyses à effectuer, les testeraient. Mais comme les chances restaient minces, le fait qu'ils aient obtenu un pangolin les aideraient sûrement.

Et devinait qui devait prendre tout le boulot ?

MOI !! Evidemment ! Apparemment, sans que j'en aie le moindre souvenir, je me serais porté "volontaire" ! La bonne blague ! Mais bon, je n'avais pas le choix, c'est pourquoi JE devais effectuer cette mission, dans ma plus grande joie.

Grrmmff...

Nous attendîmes patiemment que le livreur arrive pour m'infiltrer en même temps que lui dans la réserve. Le stress ? Quoi le stress ? Un héros ne stresse jamais ! BON D'ACCORD, je stressais plus que lorsque mon canapé avait été déplacé, d'ailleurs un des pires jours de ma vie ! Mais l'important était de me concentrer sur ma mission. Après une longue inspiration, je me lançai. Je m'introduisis à pas de loup pour passer à travers les pieds du livreur. Sifflotant, dans sa routine, transportant des cartons de flacons et de produits, il ne vit même pas passer ce chat à poils longs que j'étais. Je me cachai derrière un carton, mon sac sur le dos, grommelant dans mes moustaches. Qu'il se dépêche de partir, bon sang !!

Glouglou était le suivant, mais le livreur l'aperçut et s'enfuit en courant hurlant comme poursuivit par une meute de chiens enragés. Bizarres, ces humains !

- Aller, viens ! Soufflai-je à Glouglou, on n'a pas toute la journée!

- 這個計劃太瘋狂了！

這個計劃太瘋狂了！

貓是瘋了，永遠都行不通！

(prononciation : Zhègejìhuàtàifēngkuángle! Māoshìfēngle, yǒngyuǎndōuxíngbùtōng!)

Je fis mine d'acquiescer (mais ne comprenais rien à ce charabia) et repartis me cacher en attendant que le camion du livreur démarre. Nous bloquâmes la porte avec un carton pour pouvoir partir.

Ensuite, nous sortîmes les ingrédients de mon sac et les disposâmes sur une étagère, dans des éprouvettes, flacons et autres bocaux afin que ça ait l'air plus "humain" ! C'est vraiment très compliqué de manipuler tous ces ustensiles, les prendre par les dents sans mettre de salive, ou de parfois utiliser un autre récipient pour pousser les substances, une vraie galère ! Il fallait y arriver, l'ambition gonflait comme un ballon en moi, donnant de l'énergie et du courage. Je voulais à tout prix réussir ! Enfin, après quelques rattrapages de justesse, je parvins à tout préparer comme il faut, il ne restait plus qu'à laisser Glouglou là et de partir au plus vite ! J'allais m'éclipser quand soudain, un carton dégringola de la pile, renversant des accessoires de recherche mais dévoilant l'intrus. Un chaton hyperactif qui ne pense qu'à s'amuser. Devinez ? LULU !! Bien sûr ! Qui d'autre ? Ce satané diablotin m'avait suivi ! Se voyant découvert, il afficha un air innocent et des gros yeux à croquer.

- Miou, c'est pas moi, c'est tombé tout seul... miaunoula-t-il.

- Lulu !! Criai-je, tu ne dois pas être ici !!

- Ben pourquoi ?

- Parce que ce n'est pas un endroit pour les chats ! Si on nous trouve ici, on va passer un sale quart d'heure ! Le minou blanc et noir bondit sur mon étagère.

- C'est trop bien ici !! S'extasia-t-il, on est en aventure ! C'est trop troptropchatniaaaaallll !!!

Soudain, alors qu'il fouinait partout avec son museau, un mauvais, très mauvais pressentiment me serra la gorge. Le monde ralentit, je vis avec horreur la patte de Lulu glisser malencontreusement sur l'étagère lisse et... renverser toutes les substances !! LULU !! Sale petit fouineur incorrigible ! J'étais sur le point de l'étrangler tellement ma colère et mon désespoir atteignaient des sommets ! Pourquoi fallait-il échouer si près du but ? Sans tout ça nous... nous... Les humains ne pourraient pas guérir et on finirait tous dans une maison de fous qui s'entretuent à chaque détail ! Finie la tranquillité !

-Je... Je suis désoléééééé ! À ces mots, le maladroit se jeta sur moi et versa toutes ses larmes, pressé contre ma fourrure. Bien que furieux, je savais que Lucifer était un chat plein de bonnes intentions et ne souhaitait pas une telle catastrophe ! Comment en vouloir à ce petit chaton ?

- Calme-toi, ce n'est pas grave. On va aller voir Biscotte et il nous dira quoi faire, d'accord ?

- Ouiiii !!!

Moi, Glouglou et cet incorrigible minou sortîmes de la réserve pour trouver nos amis, tous très impatients de notre retour. Mais lorsque nous leur annonçâmes la nouvelle, l'ambiance passa au rouge et l'enthousiasme chuta d'un coup.

- Après tout, assurai-je, ce n'est pas fichu ! Il suffit de recommencer !

- Non, désolée, répondit Chi, nos humains à moi et Cooper doivent s'inquiéter, il faut y aller. Tu viens Cooper ?

- Euh... J'arrive !

- Et moi, je... je ne me sens pas très bien ! se plaignit Frimousse, je vais devoir rentrer, mais je vous soutiens à fond !!

Aussitôt, trois chats s'éloignèrent la queue entre les pattes, nous laissant seuls, Biscotte, Katzu, Lulu, moi et Glouglou. Bien sûr, ce n'était que des excuses bidons pour ne pas avoir à refaire tout le boulot, je les comprenais, penser au vomi de pangolin me faisait déglutir. Mais j'étais aussi plus courageux qu'eux !

-我讨厌偷我东西的人！ 我不是豚鼠！ 我有所有的权利，我请你停下来！ ！ s'exclama le pangolin.

(Prononciation : Wǒ tǎoyàn tōu wǒ dōngxī de rén! Wǒ bùshì túnshǔ! Wǒ yǒu suǒyǒu de quánlì, wǒ qǐng nǐ tíng xiàlái!)

- Il dit qu'il en a assez de tout ça, qu'il a des droits et exige que l'on abandonne, que les humains se débrouilleront sans nous. affirma Katzu.

Je soupirai, après tout, il avait raison, les humains sauront quoi faire, et ce plan ne tenait pas debout de toute façon. La défaite nous laissait un goût amer dans la bouche, mais nous nous séparâmes dans le plus grand silence. C'est déçu et fatigué que je rentrai chez moi, retrouver Juliette, Yanis, Jana, Maman et Papa. Ils ne s'aperçurent pas que je venais de braver des périples et se contentèrent de me caresser en signe de soumission pendant que je retournais dans mon placard.

Environ un mois plus tard.

A la fenêtre magique, le soir, l'homme parla d'un déconfinement, déclenchant la joie générale. Enfin ! Enfin nous serions libérés de cette maison !! Enfin la vie reprendrait !

Pendant les vacances, le plaisir et l'insouciance étaient de mise. Pour nous, soleil, chaleur et repos toute la journée (vous me direz, ça ne change pas grand-chose), quel bonheur d'être enfin déconfinés !

Les scientifiques, parvinrent à trouver un vaccin, et parmi eux figurait BioCTech. Après cette information réjouissante, j'appris auprès de Biscotte que Glouglou avait décidé de retourner au labo ! C'est là que l'illumination se présenta : on avait renversé les substances de pangolin à analyser pour la science, mais on les avait laissés au labo ! Les scientifiques avaient sûrement pris cela pour un accident mais avaient tout de même conclu les analyses, ou alors ils avaient fait des tests sur le pangolin. Mais dans tous les cas, ils nous donnaient la victoire ! Alors finalement, des chats étaient à l'origine du vaccin contre le covid-19, et personne ne le savait ! Cette fierté me fit gonfler d'orgueil, super Olaf avait encore fait des merveilles ! Moi et les autres fêtâmes cette victoire comme il se doit ! Soirée chardines et bronzinette ! La nuit paraissait plus douce, les journées plus calmes et le monde plus vaste. Et oui, j'avais enfin trouvé ma belle vie à moi !

Mais, à la rentrée, alors que je reprenais une vie tranquille et solitaire jusqu'à tard le soir, profitant ainsi de tous mes moments, une autre nouvelle fut annoncée...

Le couvre-feu !

Face à face

Un rêve.

Tout cela ne pouvait être qu'un rêve.

Pourtant, peut-on sentir la morsure brulante du sable lorsque l'on dort ?

Peut-on se brûler les yeux au soleil rouge qui incendie l'horizon ?

Je ne crois pas.

C'était donc bien réel.

Mais reprenons du début.

Je me tenais au milieu d'un désert de sable bleu, chaque grain perforant ma peau d'une pointe brûlante. Le soleil brillait dans le ciel bleu saphir qui rejoignait la terre dans une ligne pourpre.

Où me trouvais-je ?

Comment étais-je arrivée là ?

Impossible de le savoir, je n'avais pas le temps d'y réfléchir. Tout ce dont je me rappelais, c'est que je m'étais endormi, un soir de fête, pour me réveiller ici. J'avais bien sûr eu peur, très peur. J'ai tenté de me réveiller, de me persuader que cela n'était qu'un rêve. Un immense chagrin m'accablait. Mais ni ma famille, ni mes amis ne persistaient dans ma mémoire, tout m'avait été arraché, jusqu'à mes souvenirs. Je ne pouvais pas vraiment m'en plaindre, car cela rendait le voyage moins douloureux.

Mais à quoi bon ignorer la réalité ?

Alors j'avançais. La peur ne pouvait me prendre, ou c'était la mort. La seule chose à faire était d'avancer, toujours avancer, sans s'arrêter. Seule cette ligne me permettait de distinguer ciel et terre, de ne pas devenir folle. Le désert saphir s'étendait à perte de vue, s'allongeant au fil de ma marche. Mes jambes, deux os calcinés avançaient machinalement dans le sable, me trainant un peu plus dans une terre aussi inconnue qu'effrayante. Je ne sentais même plus ma sueur. La chaleur me rongeait de l'intérieur, faisant de moi une errante plus morte que vivante, étouffée par l'ardeur d'un soleil d'or. Même le vent se taisait, parfois, un grain de sable s'élevait et me perforait la peau. Là, je n'avais plus que mes cris et mes larmes pour me maintenir debout.

Où me dirigeais-je ?

Je l'ignorais, j'avançais à l'aveugle, comme un enfant, dans l'espoir de trouver quelque chose, n'importe quoi, pour régénérer ma force.

Car ne dit-on pas que l'espoir fait vivre ?

Je marchais ainsi, ignorant les cycles de nuit et de jour, ignorant ma destination, avec pour seul but de survivre. Ce fut ce jour brulant, pareil aux autres que je découvris cette cabane. Petit phare dans la chaleur, oasis dans le désert, elle attendait que quelqu'un la trouve. En l'occurrence, moi, je n'attendais qu'elle. Tous mes espoirs se ranimèrent à sa vue miraculeuse.

Étonnamment, le bois tenait la chaleur et ne tombait pas en cendre.

N'écoutant que mon instinct, je poussai la porte qui s'ouvrit dans un grincement. A l'intérieur, un fauteuil éventré m'accueillit, ainsi que quelques armoires et un lit calciné. Etrange que tout cela ne soit pas détruit. Une cabane en bois abandonnée depuis visiblement un certain temps n'aurait pas fait long feu dans un désert comme celui-ci.

D'ailleurs, que faisait-elle ici ?

Où étaient passés ses occupants ?

Tout cela ne faisait que m'inquiéter d'avantage, à contrecœur, je me forçai à visiter cette étrange demeure plus profondément. Après une inspiration, je m'avançai, terrifiée. Soudain, alors que j'allai faire un premier pas, un coup retentit vers le centre de la cabane, puis un deuxième, et un troisième. Je me figeai, n'osant bouger, figée par l'appréhension et la peur. Le temps suspendu à un fil, les coups rythmaient les secondes. Une seule pensée me vint à l'esprit.

Il y avait quelqu'un avec moi.

Tremblante, je m'aventurai à l'intérieur, les coups retentirent plus intensément, le sol vibrait. Les cendres se soulevèrent soudain en un nuage noirâtre de poussière qui envahit tout l'espace. Réprimant un cri de surprise, je me protégeai de mes bras, les yeux clos, un gout amer dans la bouche, les entrailles serrées. Un mauvais pressentiment rongea mon cœur, celui-ci s'affola, s'accrocha, se noua jusqu'à en devenir douloureux. Dans mes narines s'insinuait la poussière, un mélange sinistre de cendre, de fragments d'os et de bois incinéré.

Lorsque la poussière fut retombée, je levai les yeux, les coups avaient cessé. Une silhouette se découpa dans l'air, imposante, masculine et raide. Intriguée, je retirai mes bras de mon visage et m'approchai, un serpent froid dans le dos. Un homme se tenait désormais au centre de la pièce. Un masque de lapin au sourire glaçant sur le visage, une tunique blanche tachée de ce qui paraissait être du sang séché, des mains crispées, des cheveux bruns emmêlés, un couteau à la main. En le voyant, je me figeai, incapable du moindre geste. Il me fixait de ses yeux noirs, comme pour me dévorer. Moi, aussi pétrifiée qu'une statue de cristal, ne pensais qu'à une seule chose.

Je le connais.

Je savais que j'avais déjà vu cet homme quelque part, mais où ?

Impossible de le savoir. Les yeux dans les yeux, tremblante comme une feuille, la terreur à l'état pur brulait dans mon cœur, inondée par la panique, mais incapable de bouger. Des larmes serpentaient le long de mes yeux exorbités, plaquée contre le mur, je mourrais d'envie de hurler. Mes mains rougies étaient convulsées de spasmes nerveux. Soudain, j'aperçus un mouvement à ses pieds, mon sang se figea, c'était une femme. Une femme à moitié dévorée, la chair pendait sur ses os, le sang séché formait des croutes immondes sur sa peau pâle. Gémissante, à bout de force, elle me jeta un regard gris de pitié, puis son regard s'éteignit comme une étoile morte. Je posai un regard terrifié sur l'inconnu, il n'y avait aucun doute, c'est lui qui avait fait subir une telle souffrance à cette femme, il l'avait dévorée.

Un cannibale.

Prise de terreur, recouvrant soudainement la capacité de mouvement, je m'enfuis en courant vers la porte, hurlant, me maudissant intérieurement. Jurant, trébuchants je m'élançai, ignorant mes jambes en coton. Seul m'enfuir d'ici m'importait. Un claquement retentit. Il était juste derrière moi.

Soudain, ma vision se brouilla, mes forces me quittèrent, je me retournai. Il se tenait derrière moi, son masque gisait dans le sable. Son visage, fin et pale me fixait avec un air dur et incinérateur. Des traits angéliques et presque féminins, des yeux pétillants d'une folie meurtrière. Ses lèvres roses recouvertes de sang, sa peau de porcelaine contrastait avec le liquide écarlate. Du sang sur la neige.

Je le reconnus enfin, c'était l'incarnation de mes pires peurs, le cannibalisme, les lames, la beauté, l'amour, les masques d'horreur, je l'avais vu en rêve, il me suivait partout où j'allais. M'inspirant la peur, il arpentait mes cauchemars et maudissait mes songes.

Il était ma peur personnifiée.

Je restais recroquevillée sur le sable, pleurant toutes les larmes de mon corps, écrasée par une terreur démesurée, rongeant ma raison tel un parasite.

Soudain, alors qu'il abattait son couteau sur ma chair, je me réveillais en sursaut. Ma chambre, plongée dans l'obscurité, m'accueillait à bras ouverts. Mon cœur ralentit péniblement, je gardais toujours ce gout âcre et ferreux du sang dans la bouche.

Respirant par saccades, mes yeux affolés arpentant chaque recoin de ma chambre, je tentai de revenir à la raison. Les souvenirs affluaient à nouveau, ma vie revint en mémoire.

Lorsque la tension fut calmée, je poussai un soupir de soulagement, tout cela n'était qu'un rêve ! Mes peurs personnifiées, cet enfer bleu, j'avais rêvé tout cela ! Je passai ma main dans mes cheveux, des grains me frottèrent la main.

Des grains de sables ?

J'allumai la lumière, et jetai un coup d'œil au lit, des grains de sables roulaient sur le matelas.

Le souvenir d'une sortie à la plage la veille me revint en mémoire, m'arrachant un soupir de soulagement.

Rassurée mais un goût amer dans la bouche, je décidai de sortir me changer les idées.

Mais, alors que je me levais, un autre souvenir me revint, celui d'une douche juste avant d'aller au lit.

Un mauvais pressentiment prit ma gorge.

Sûrement la fatigue !

J'écartai la couverture pour sortir me remettre les idées en places, je ne parvenais pas à rester tranquille.

Mais mes jambes émergèrent de mon lit, recouvertes de croûtes de sang et de brûlures.

Double
tranchant

Monter, toujours monter sans jamais s'arrêter.

S'épuiser à se hisser.

Lorsque l'on regarde le vide, on s'aperçoit vite qu'il ne faut pas lâcher prise.

Là haut, sur son sommet, on contemple le monde d'un autre œil, il nous semble plus grand, plus calme, à portée de main.

On ne rêve pas souvent de pouvoir tenir le monde dans sa paume, de l'apprivoiser tel un animal sauvage.

Il grimpait depuis des heures déjà, la neige lui fouettait le visage de ses grêlons gelés, comme pour ralentir sa course. A plat ventre sur la paroi de cristal, il gravait ses pas, d'entailles aussi larges qu'un doigt, il se frayait un chemin parmi cet enfer glacé.

Ne pas regarder en bas.

Au bout d'une escalade aussi épuisante que périlleuse, il se hissa sur un rocher plat inespéré. Soufflant comme un bœuf, il se reposa quelques instants.

Se refroidir te gèleras et tu ne voudras plus bouger

Il se releva tant bien que mal, ses jambes chauffées à blanc par l'effort commençaient déjà à refroidir, c'est à peine si des stalactites ne se formaient pas. Il fallait continuer, atteindre son but pour mériter le repos. Chacun de ses pas à la fois lourds et déterminés marquaient une nouvelle trace immortelle du passage de l'homme dans ces montagnes. Soudain, son pied normalement fiché dans la glace dérapa. Dans un cri qui résonna contre les parois de pierre, il sombra malgré ses efforts pour se rattraper, dans un trou qui l'emporta à l'intérieur de la montagne, tel une gueule qui avalait les trop faibles pour elle.

Les hauts sommets se méritent.

Sa fille, Ana, sa fille, Héla et lui, Ethan défilèrent dans l'obscurité. Leurs visages joyeux se muaient en masque de colère et de haine.

Tu nous quittes, grand bien te fasse !

Ne revient jamais !

Les images du passé, toujours plus accablantes, revinrent à la surface. Des adieux se déroulèrent devant ses yeux. Des larmes, de la joie, mais également du désespoir. Il quitta son logis douillet pour escalader ces monstres de pierre. Soudain, une ombre dégoulina sur le rêve, une mâchoire béante se referma sur lui.

Il se réveilla en sursaut, une douleur lui tiraillait le crâne et des traits de sueur lui trempaient ses cheveux bruns. Un cri étouffé lui fouetta le visage, un souffle chaud et plaintif s'éleva des ténèbres. Intrigué, il se releva tant bien que mal, sa colonne vertébrale se remit en place. Lentement, il se releva, ses yeux effacèrent les ténèbres. Il se tenait dans une grotte immense, les parois rocheuses s'élevaient à environ deux mètres au-dessus de lui et un long couloir s'enfonçait dans la Terre. Le souffle s'éleva à nouveau, faisant trembler les murs et la montagne elle-même. Dans ce soupir, on décelait un appel de détresse, comme si une créature appelait à l'aide depuis le centre de la Terre. Son cœur lui faisait mal, un poids l'oppressait, le forçant à avancer, à aller voir ce qui l'appelait avec tant d'espoir.

Sa descente dura plusieurs minutes, si bien que les notions de faim, de soif et de fatigue le quittèrent peu à peu. Ce souffle l'obsédait, il devait aller au bout, sa vie même pourrait en dépendre. Vers le centre de cette montagne, une lueur douce mais attirante éclaira les parois de pierre. L'espoir dans les yeux, Ethan s'en approcha, soudain, une silhouette se dressa devant lui.

- N'avance pas ! cria une femme. Dans sa voix flottait un drôle d'accent.

Une femme grande et musclée émergea de l'ombre, elle portait des vêtements ornés de pierreries et de ce qui ressemblait à des fragments d'os. Ses cheveux de feu et ses yeux dorés la rendaient sublime, mais elle se tenait comme un chat sauvage, prête à sortir ses griffes. Une torche dans la main, elle semblait prête à l'enflammer si nécessaire. Sa peau ambrée luisait à la lueur des flammes. Elle même, elle semblait faite de feu. Son visage exprimait de l'inquiétude et du désespoir. En alerte, elle paraissait à la fois demander secours et menacer l'intrus. Que faisait-elle donc ici ?

- Qui êtes-vous ?

- J'mapelle Livia, toi ?

Sa façon de parler était étrange, elle semblait parler une autre langue.

- Je m'appelle Ethan.

- Q'tu fais 'ci ?

Il mit du temps à comprendre le sens de la phrase, mais au bout de quelques secondes, il comprit la question.

Qu'est-ce que tu fais ici ?

- Heu... J'ai eu un accident, et toi ?

Elle lui adressa un signe de tête.

- Suis-moi.

Ils prirent la route à travers les galeries rocheuses. Ethan ignorait quoi penser de cette femme, elle semblait tout droit sortie de la préhistoire, mais elle était trop civilisée et trop propre pour que ce soit le cas. Il aurait dû avoir peur, mais avoir quelqu'un à ses côté rendait la solitude et l'obscurité moins oppressantes. Ils poursuivirent leur route ensemble, le halo de lumière de la torche éclairait leur chemin. Plus ils descendaient, plus la chaleur les enveloppait. Le passage se rétrécissait, les écrasait. Durant ce voyage, entendre une autre voix que la sienne apaisait sa douleur.

- Alors, commença-t-il, d'où viens-tu ?

Elle répondait toujours en fixant devant elle, jamais elle ne le fixa dans les yeux.

- J'viens de Yonliam, c't'un royaume en guerre. répondit-elle d'une voix assurée.

- Yonliam ? C'est quoi ça ?

Ethan n'avait jamais entendu parler de royaume nommé ainsi.

- C'le plus beau royaume d'Axilia, avec ses Forêts d'cerisiers roses et ses montagnes neigeuses. Pis ya aussi Schaol, c'est un royaume à coté, là-bas, il y a que du froid et des légendes. Des villages perdus et des rivières.

Cette femme était peut-être devenue folle avec le temps ? La solitude avait brouillé son jugement et elle avait commencé à confondre imagination et réalité. Du moins, il le pensait, car ni Yonliam, ni Schaol ni Axilia n'existaient sur Terre. Malgré tout, il acquiesça et demanda plus d'explications. Ne voulant pas perturber la jeune femme, il préférait encore parler que de l'abandonner et se retrouver seul.

- Dans Axilia, y a huit royaumes. Even, Enki, Yonliam, Oro, Sirix, Médys, Ilkaé et Givril, c'est là d'où j'viens. Mais c'la guerre.

- Pourquoi y a-t-il la guerre ?

Dans les yeux dorés de Livia brillait une mélancolie accablante. Ses yeux brillèrent, son récit se poursuivit.

- Avant, Axilia était gouvernée par un roi, Roy. Mais c'te roi était tyrannique et cruel. Alors, son fils Drax s'est rebellé et l'a tué. Mais en s'mettant à régner, il est d'venu pire qu'son père.

Il a monté une armée pour contrer la rébellion, une alliance de plusieurs royaumes contr'lui. Moi, j'fais partie d'cette rébellion.

- Et comment es-tu arrivée ici ?

- Si t'veux l'savoir, faut que tu l'voix par toi-même, suis moi.

Ethan n'osa pas poursuivre. Sans voix, il digérait ces informations plus illuminées les unes que les autres. Il ignorait pourquoi, mais au fond, il croyait au récit de Livia, comme si quelque chose le forçait à y croire. Comme ce souffle, empli de mystères, qui l'attirait vers son centre, qui lui murmurait la vérité. Axilia, d'après ce qu'il avait compris, était une autre planète que la Terre. Peuplée d'humains mais aussi de créatures aussi majestueuses que dangereuses. La guerre la ravageait.

Comment croire une telle histoire ?

Qui était Livia ? Comment était-elle arrivée ici ?

Était-elle folle ? Liée au souffle qui l'appelait ?

Il l'ignorait, peut-être était-il devenu fou, ou alors on l'avait drogué ? Mais il ne parvenait pas à ne pas croire à ce récit, il s’y sentait obligé, forcé à croire ces paroles, aussi folles étaient-elles.

Je délire…

Après ce qui lui semblait une éternité de marche, ses pensées se brouillèrent et la fatigue lui grignota la conscience.

Lorsqu'il s'endormit sur l'épaule de sa compagne, il rêva d'un village hanté par une malédiction, d'une rivière qui mange les hommes et d'un voyageur en quête de vérité.

___***___

- Ethan ! souffla une voix, ouv'tes yeux b'sang ! Aller !!

L'intéressé sentit des mains le secouer, il ouvrit lentement les yeux, s'extirpant de son rêve et de son sommeil lourd et pierreux.

- Kwa ?? murmura-t-il.

- J'ai besoin de toi, viiiite !!!

A peine eut-il le temps de se relever, qu'elle le trainait par le bras.

- Faut que tu la soignes ou elle va mourir.

D'un geste, elle désigna son secret si cher, ce qui l'avait amené ici, ce qu'elle cachait et qui prouvait la vérité de son récit.

Le cœur d'Ethan se serra, malgré ce que lui montraient ses yeux, il peinait à croire ce qu'il voyait. Ses entrailles se comprimaient. Il se frotta les yeux, cligna, se pinça encore et encore, mais la vérité ne pouvait lui échapper.

Devant lui, aux écailles de nacre et à l'haleine brûlante, se tenait un immense dragon.

Les yeux rivés sur la bête, il manqua de s'évanouir. Sa conception même du monde venait de s'écrouler en même temps que sa chute.

C'est impossible, je rêve encore, c'est... c'est...

Un dragon de la taille d'une camionnette gisait dans la roche humide de la grotte. Ses yeux lançaient des appels au secours comme chacun de ses soupirs de feu. Son corps recouvert d'écailles de neige renvoyait un flash aveuglant et suffisait à éclairer la grotte. Sa vie s'écoulait, écarlate, sur ses feuilles de neige et son corps.

Il a l'air blessé.

Ou plutôt elle, car il s'agissait d'une dragonne.

- Elle s'appelle Siwa, ç'veut dire "gardienne" en Axilien.

- Mais... Mais c'est impossible, ça n'existe pas !! Les dragons viennent des légendes et c'est tout !

- Sur Terre p'tête pas, mais là d'où j'viens y en a. Et pis, si y a que des dragons dans les légendes, d'où est c'qu'elles sont tirées ?

Ethan ne parvenait toujours pas à y croire, comment une créature aussi mythique pouvait être arrivée là ? Comment pouvait-elle simplement exister ?

La pauvre bête semblait souffrir le martyr, mais il ignorait comment la soigner. Il sentait ses jambes s'écrouler, voir une telle créature prête à mourir sans pouvoir agir lui tiraillait la chair, le détruisait de l'intérieur. Livia récitait un dialecte dans une autre langue, comme une prière pour la dragonne. Mais sur ses joues se traçaient deux rivières salées, dont la source était le chagrin et la peine de la jeune femme pour sa protégée.

- Siwa et moi on s'battait cont'les troupes ene'mies. raconta Livia, mais une flèche l'a blessée et on était encerclé. Les dragons gardiens peuvent ouvrir des portails 'vec leur flammes, mais on y a presqu'tous disparu. Alors Siwa nous a ouvert un passage en urgence et on est 'rrivé là.

- C'est vous qui avez causé ma chute ?

- Nan, mais j'lai entendue et chuis allé voir. T'es d'la surface, tu peux la sauver ??

- Je... Je ne connais rien sur les dragons, et je... je n'ai rien à voir avec tout ça.

- Vous pouvez même pas savoir ce qu'elle a ?

Dans la voix de Livia vibrait un désespoir blessant.

- Non... Ethan baissa les yeux. Elle ne peut pas retourner à Axilia ?

- Trop risqué.

Voir cet animal lui écrasait le cœur, il se devait d'agir mais ignorait comment s'y prendre. Les larmes de Livia lui revinrent à l'esprit.

Après tout, ce n'est qu'un animal comme un autre ! Peut-être pouvait-il au moins identifier le mal ?

- Je peux peut-être essayer, admit-il enfin. Un sourire éclaira le visage de Livia, plein de reconnaissance et de bonté, réchauffant le cœur du jeune homme.

- Oh !! Merci !! s'exclama-t-elle.

Après une longue inspiration, il se dirigea vers Sniwa.

Ignore ses griffes

Ignore ses crocs

Ignore ses yeux

Ignore son haleine.

Il parcourut son corps jusqu'où s'écoulait le sang. Visqueux et poisseux, il formait une mare rouge sous le ventre de la bête. Etendue sur le flanc, la dragonne scrutait de près ses gestes, les sens en alerte. La patte arrière gauche du dragon semblait difforme, entaillée et tendue, la douleur venait sûrement de là.

D'une main tremblante et le cœur lourd d'appréhension, il effleura la patte blessée. Soudain, un rugissement tonitruant ébranla la roche, il se renversa en arrière dans la flaque de sang. Ses tympans se vrillèrent tant le son les lui perçait. Tremblant, le souffle court, il attendit que Sniwa se calme avant de se relever.

- C'est là que tu as mal ? Lâcha-t-il sans réfléchir.

Quel idiot !

Comme si un animal allait me répondre !!

Soudain, une main se posa sur son épaule. Mais elle n'était pas douce, ce geste était sec et presque menaçant. Son sang se figea, il se retourna. Ce qu'il vit le laissa sans voix. Livia le fixait d'un regard plus dur que la pierre, dans ses yeux dorés brûlait une flamme de fureur. Ethan s'apprêta à se lever quand une violente douleur lui crispa la mâchoire, Livia l'avait frappé ! La surprise le frappa plus fort encore. Une brûlure vive lui serra la joue, celle qui lui souriait gaiement il y a peu l'empalait désormais du regard. Elle approcha son visage du sien dans un geste sensuel.

- Alors, commença-t-elle d'une voix sifflante, de quoi notre "amie" souffre-t-elle?

- Je, bégaya-t-il, abasourdi par le changement soudain de Livia.

- REPONDS !!!

- Je pense qu'elle s'est cassée la patte... Mais pourquoi...

- Tais-toi ! cracha finalement la femme.

Interloqué, Ethan ne savait quoi faire, ne comprenant plus la situation.

Devait-il la défier ?

Lui obéir ?

Qu'était donc devenue la Livia qu'il connaissait ?

Le cœur encore accroché, il la vit s'approcher de l'oreille de Sniwa et lui susurrer quelque chose en langue étrangère tout en caressant son museau avec ses ongles. La dragonne grogna à nouveau puis s'endormit, comme anesthésiée.

Ethan sentit une vague de fatigue le submerger, ses pensées s'évanouirent en même temps que lui et plongèrent dans un néant dense et compressant.

Juste avant de s'endormir, il aperçut quelque chose briller sur sa main, un diamant minuscule, qui semblait le mettre en garde.

Alors qu'il sombrait, ce diamant s'incrusta dans sa peau, lui arrachant une grimace de douleur.

Livia se dressa devant lui, un couteau à la main, un rictus crispant ses lèvres.

Les ténèbres le prirent dans leurs bras.

La douleur s'apaisa.

Un couteau entailla sa chair.

___***___

Assis contre une paroi glacée, flasque et vidé de son énergie, il sortit de son sommeil assailli par l'odeur du sang. La douleur était insoutenable. Mais envahit par la torpeur, il ne put qu'observer, à son réveil, Livia faire des allers retours avec sa lame dans sa chair. Le sang, ferreux et âcre, s'écoulait en fontaine rouge, pour se mêler à celui du dragon blessé. Une seule question vint à l'esprit d'Ethan.

Pourquoi ?

Pourquoi cette douleur ?

Pourquoi cette violence ?

Pourquoi ces mensonges ?

Que voulait réellement Livia ?

Pourquoi une telle manipulation ?

Il ne savait plus quoi faire, et celle qu'il prenait à tort pour son amie lui déchiquetait la main comme pour déterrer un trésor. La douleur résonnait dans son corps et il geignit faiblement.

- 'fin réveillé ? s'enquit Livia (toujours avec son drôle d'accent) sans lever les yeux de sa tâche, j'commençais à m'impatienter.

- Qu... Qui êtes-vous ? articula Ethan. Les muscles tant ramollis, impossible de se dégager.

- Livia.

- Pourquoi avez-vous...

- Menti ? J'n'ai pas menti sur tout. Axilia existe, tout'c't'histoire d'rébellion est vraie, j'suis juste du côté de Drax, pas d'la rébellion. C'est l'seule chose sur laquelle j'ai menti, et ç'a très bien marché. A point où nous en sommes, vous allez mourir, alors j'vais vous expliquer. Les dragons gardiens sont les plus puissants et les plus rares. Certains dragons ont sur eux une source de pouvoir un diamant qui copie leur énergie. Celui qui l'possède est lié au dragon et peut user d'ces pouvoirs. Mon seigneur Drax a grand b'soin d'ce pouvoir et m'a envoyé chercher le diamant d'ce dragon. Mais alors que j'approchais du but, elle a ouvert un passage vers cet'endroit. J'l'avais blessée à la patte, mais elle a tout de même résisté ! Quand j't'ai entendue tomber, j'me suis dit qu'elle allait tenter de te confier son diamant sous mon nez, que tu r'présentais une porte de secours. Alors j'ai tout fait pour gagner ta confiance pour t'surveiller et t'neutraliser le moment venu. Mais elle t'a donné son diamant. Maintenant, j'ai plus qu'à t'ouvrir la main pour aller l'chercher. Pis j'te laisserai croupir comme un rat et j'rentrerai chez moi.

Les larmes, seul refuge de son chagrin, commençaient à monter. Il avait tout perdu, sa femme, sa fille et maintenant son amie et bientôt sa vie. Il regrettait d'être parti, regrettait d'avoir laissé sa famille seule pour se consacrer seul au sommet. Il n’y comprenait plus rien, avait l’impression d’avoir changé d’univers. Un dragon, un autre monde, quelle fantaisie ! A peine était-il parti de chez lui qu’il se retrouvait plongé dans une histoire digne d’un roman ! Avant, tout cela lui aurait paru absurde. Et pourtant, tout était là, et il en souffrait. Il ne voulait qu'une seule chose, rentrer chez lui.

Au diable ce dragon ! Au diable ce foutu diamant !

Au diable Axilia !

J'ai tout perdu pour rien !

Ses dents se serrèrent quand la lame frappa plus fort, il n'avait même plus la force de crier.

- Poudre d'étain, affirma Livia, le meilleur calmant et le paralysant le plus douloureux, inutile de me remercier!

- Sale...

- Allons Ethan, pas la peine d'être grossier, j'pourrais m'vexer ! Et crois-moi là, tu saurais c'qu'est la douleur.

Soudain, il sentit le diamant vibrer dans sa paume, comme pour lui envoyer un message.

Réveille-toi.

Relève-toi.

La voix forte et rassurante de la dragonne résonna en lui. Il communiqua par la pensée grâce au diamant avec la bête. Il ignorait comment il pouvait le savoir, mais il le savait, le sentait, et ça lui suffisait amplement.

Je ne peux pas.

Si.

Nous pouvons la battre.

Dans sa tête se dessina un plan, il sourit intérieurement.

Voici ce que tu vas faire.

Une chaleur irradia son corps, ses muscles se contractèrent et un désir immense de vengeance coula dans ses veines. Il savait quoi faire. Alors qu'il allait se lever, son sang redevint glacé et se figea. Les yeux dans les yeux, il aperçut Livia, un rictus malsain aux lèvres, retirer brutalement le diamant de sa main.

La chaleur s'évanouit soudainement et ses désirs retombèrent en miettes comme du papier déchiré. Un hurlement s'échappa de sa gorge, vibrant de douleur et de peur, il fit trembler la montagne elle-même. Sa main retomba mollement sur le sol, baignant dans une mare de sang encore chaud.

Le diamant flottait dans les doigts de son bourreau.

- Tu vois ? C'est ça, c'minuscule morceau d'caillou est plus puissant qu'n'importe quelle source d’énergie, merci d'me l'avoir donné !

Elle se tourna vers la dragonne, celle-ci, meurtrie et agonisante, émit un faible gémissement.

- Au moins, t'auras servi à que'qu'chose !! cracha Livia.

Sa voix autrefois fluette et paisible était froide et poignante, comme une flèche que l'on enfonce dans le cœur.

- Faut en finir, maint'nant, conclut-elle en saisissant la lame ensanglantée.

- Non !! Ne fais pas ça ! S'il te... plaît ! implora Ethan en la voyant s'approcher de la dragonne.

Livia s'approcha de lui d'un pas sensuel et lui caressa la joue de ses ongles aiguisés.

- Supplie-moi encore, j'adore ça ! susurra-t-elle près de son visage.

Ses cheveux coulaient sur le corps de l'homme, c'était à la fois doux et horrible, cette femme était pire qu'un démon !

- Ne... la tue pas... pitié !

Elle posa ses lèvres sur le cou d'Ethan, tel une amante. Celui-ci se débattit, mais ses forces le quittaient, avec elles l'espoir. Son cœur cogna dans sa cage thoracique.

- Arrête ça ! ordonna-t-il faiblement.

- J'sais pas, tu sens bon le sang, chuchota la jeune femme.

À ces mots, elle mordit à pleines dents dans la peau du cou. Ethan hurla de douleur, cria à s'en percer les poumons. La douleur coula, chaude et gluante, sur le torse du jeune homme. Un trou béant et dégoulinant apparut dans son cou, sa tête sembla se décrocher. L'accablement envahit son corps, tremblant comme une feuille, le froid l'engloutit, l'enveloppa.

Livia, un filet de sang coulant de ses lèvres, lui sourit de toutes ses dents, écarlates, des lambeaux de chair pendaient de ses canines. Elle n'en restait pas moins belle, mais bien plus effrayante.

Ethan lui rendit son sourire, malgré sa faiblesse, la peur s'atténua. Le moment de vérité se présenta devant lui sur un plateau.

- Pourquoi t'souris ? interrogea Livia, intriguée.

- Parce que... Tu as fais... exactement... ce que je voulais.

- Quoi ?

Brusquement, le corps de la dragonne se releva et cracha une gerbe de flammes bleues. Un portail se dessina, une fenêtre vers un autre monde, une porte de secours. Un goût de victoire emplit la bouche d'Ethan, il avait gagné, même si quelques détails lui échappaient, il en avait la sensation. La sensation de ne pas avoir fini ainsi en vain.

- Nooooon !! hurla Livia en se précipitant sur la dragonne, mais il était trop tard, cette dernière avait franchi le passage. Refermé, Livia ne pouvait plus partir, elle était coincée.

- Tu t'es trompée sur mon compte, lança Ethan, lorsque le diamant était dans ma main, j'ai pu établir un plan avec Sniwa. C'était étrange, et sur le coup c'était instinctif. Mais même si tout ça me dépasse, j'ai voulu agir. Il fallait te distraire, afin de lui laisser le temps de reprendre assez de force pour t'abandonner ici. Ne fais pas cette tête, tu seras avec moi !

- T'as sacrifié t'vie pour c'dragon... T'es qu'un fou. J'ai toujours l'diamant.

- Un fou peut-être, mais pas un idiot, vous êtes dans deux mondes différents, le lien est coupé.

Un cri de rage s'échappa de la bouche de Livia, rouge de honte et de fureur, elle saisit sa lame et l'enfonça dans le ventre d'Ethan.

- J'l'ai pas eu, cracha-t-elle, mais j't'ai eu toi.

- Je... m'y suis... résigné.

Son sang coulait, ses dernières forces le quittèrent et son corps lourd s'écroula dans un bruit flasque.

Sauver un monde mais perdre le sien.

Il repensa, avant de se laisser prendre, au portail, cette fenêtre ouverte sur un monde idéal. Il se souvint de ces montagnes recouvertes d'un manteau de neige surplombant telles des déesses les forêts de cerisiers aux fleurs roses et or.

L'aventure ne vaut pas la famille et l'amour.

Sa femme et sa fille lui manquaient terriblement. Mais il ne les reverrait jamais.

Pourquoi partir, quand on a déjà tout ?

La vie est trop courte pour être gâchée.

Enfin, dans une dernière pensée pour sa famille, sa famille qu'il avait abandonnée, il sombra.

Vous voulez le bonheur ? Vous voulez être heureux ?

Regardez autour de vous.

Et voyez.

EPILOGUE

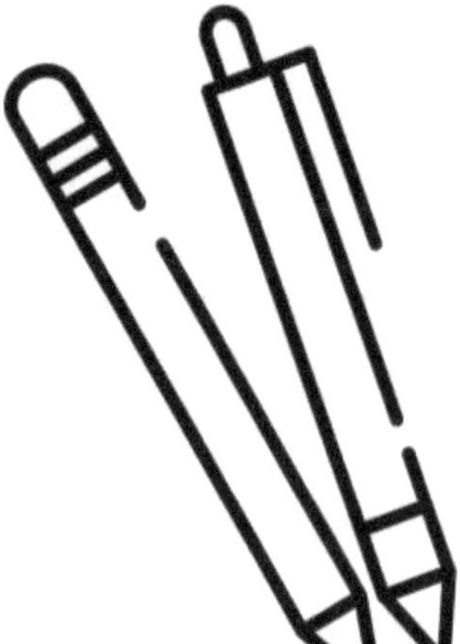

Je crois que cette histoire est terminée... Du moins pour le moment, car des milliers d'autres histoires attendent d'être racontées et cela devra bien être fait un jour. D'autres encore, attendent leur suite, et cela viendra.

Ne croyez pas que tout se termine ici, tous ces récits ont un lien, une histoire commune, sans loi et sans pitié, une histoire qui s'écrit au fil des pages que vous lisez. Cette histoire, elle sera écrite, elle sera transmise, elle sera lue et reliera toutes ses étoiles en une grande constellation. Mais ce n'est pas pour tout de suite.

Merci d'avoir lu "Chant des âmes", je vous attends dans la suite de l'aventure, là où tout prend son sens, du prologue à l'épilogue. Là où de nouvelles histoires plus haletantes et incroyables les unes que les autres vous attendent.

A bientôt,

L'auteure